남태평양을 건넌
상록수의 혼

남태평양을 건넌 상록수의 혼

초판 1쇄 인쇄 2003. 5. 22
초판 1쇄 발행 2003. 5. 27

지은이　　　권순도
펴낸이　　　김경희
펴낸곳　　　(주)지식산업사
주소　　　　서울시 종로구 통의동 35-18
전화　　　　(02)734-1978(대)
팩스　　　　(02)720-7900
홈페이지　　www.jisik.co.kr
e-mail　　　jsp@jisik.co.kr, jisikco@chollian.net

등록번호　　1-363
등록날짜　　1969. 5. 8

ⓒ 권순도, 2003
ISBN 89-423-7022-5 03810

책값　　7,700원

이 책을 읽고 지은이에게 문의하고자 하는 이는 지식산업사 e-mail로 연락 바랍니다.

동티모르에서 보낸 어느 병사의 179일

남태평양을 건넌 상록수의 혼

권순도 씀

지식산업사

머리말

2001년 3월 27일, 부모님과 함께 306 보충대에 가니, 나와 같이 입대하는 청년들과 그들을 배웅하러 나온 가족들이 모여들고 있었다. 곧이어 돌아가 달라는 방송이 나오자 작별인사도 제대로 하지 못한 이들의 아쉬워하는 소리가 들렸고, 헤어지는 슬픔을 참지 못해 흐느끼는 사람들도 있었다.

군 복무를 스스로 원해서 하는 경우도 있겠지만, 군대에서 2년 이상 자기 할 일도 못 하고 아까운 시간만 낭비한다는 생각이 청년들 사이에선 지배적이다. 그리고 나도 그렇게 생각하는 사람들 가운데 하나였다.

그러나 막상 입대하고 보니 군 생활을 하면서 겪는 고생들을 통해 군대를 다녀오지 않은 사람은 절대로 알 수 없는 인생의 다른 면을 경험할 수 있다는 것을 알게 되었고, 군에 대한 나의 생각은 서서히 긍정적으로 바뀌었다. 여러 가지 어려움이 따르지만 전에 볼 수 없었던 것이 보이기 시작한 것이다. 대표적인 것이 부모님에 대한 고마움, 나를 사랑해 주는 사람들의 소중함, 시간의 귀함 등이다. 특히 복무기간에 다녀온 동티모르 해외 파병은 군에 대한 부정적인 생각을 바꾸어 준 직접적인 계기였다.

사실 군 입대 전 상록수 부대에 대해 얼핏 들어 알고는 있었으나, 그다지 관심도 없었을 뿐더러 동티모르란 나라는 전혀 나와 무관한 곳처럼 느껴졌기 때문에 그곳에 갈 것이라고는 꿈에도 생각하지 못했다. 처음부터 세계평화 유지라는 거창한 뜻을 지니고 있었던 것도 아니었다. 다만 해외파병이라는 기회로 특별한 경험을 해보고 싶은 마음으로 동티모르 상록수 부대 제5진 해외파병을 지원하였다. 그리고 2001년 10월부터 2002년 4월까지 동티모르에서 UN군의 일원으로 생활을 하며 나는 단지 특별한 경험을 넘어선 많은 것을 보고 느꼈다.

우리 상록수부대원들은 어느 나라에서 온 평화유지군보다 이 신생국의 사회치안과 주민생활의 향상을 위해 열과 성의를 다했다. 마치 일제식민지 시절의 농촌계몽운동을 다룬 심훈의 장편소설 《상록수》에 나오는 주인공 박동혁과 채영신처럼, 우리들은 마음을 다해 어려운 상황에 놓여 있는 동티모르 주민들을 위해 일했다.

황량한 폐허의 현장에서 보낸 6개월 동안의 동티모르 파병은, 다양한 경험을 할 수 있는 소중한 기회였다. 또한 대한민국 육군 병사로서 세계평화에 기여할 수 있었기에 더욱 자랑스러운 순간들이었다.

전우들과 일구어낸 값진 경험들을 나 홀로 간직하기엔 너무나 아쉬웠다. 그래서 일반 사병의 신분으로 겪고 느낀 파병생활이라 비록 제한되고 부족하지만, 동티모르 파병에 대해 알고자 하는 이들을 위해 이 책을 쓰기로 결심하였다.

원래 계획은 신선한 정보를 독자들에게 제공할 목적으로 군 복무 기간 동안 이 책을 발간하려 했으나, 우리 군의 특수한 환경 때문에 발간을 전역 후로 늦추게 되었다.

그리고 군사 보안을 위해 국내의 파병 전 준비과정과, 동티모르에서 있었던 상록수부대 특정 작전활동을 자세히 기록할 수 없었다. 이에 독자들의 양해를 구한다.

나름대로 최선을 다해 동티모르 현장을 그대로 전달하려고 노력했지만, 글 솜씨가 서툴러 부족한 점이 많을 것이다.

마지막으로, 동티모르 파병을 허락해 주신 자대 사단장 서순오 소장님, 파병 면접시험을 허락해 주신 김광일 소령님, 상록수부대 제5진 단장으로서 부대를 인화단결로 지휘해 주신 남인우 대령님, 공보과장 조형찬 중령님, 공보장교이셨던 백규주 대위님, 공보과 전우들, 바쁘신 가운데 이 책의 보안검사를 맡아 주신 자대 김재희 대위님과 김무현 상사님, 아낌없는 격려를 해주신 자대 대대장 이길수 중령님, 중대장 황주원 중위님, 최효정 소령님, 오세진 상사님, 임동찬 중사님, 행정보급관 손성하 상사님, 후임병 조영기, 인국형, 백경민, 위현동, 복무기간 동안 신앙지도에 힘써 주신 군목 정태식·노명헌·조은증 소령님, 늦은 밤에도 사진작업을 도와준다고 고생한 친구 김광식, 그리고 출판을 기꺼이 맡아 주신 지식산업사의 김경희 사장님과 편집 관계자 여러분께 깊은 감사를 드린다.

2003년 5월

서울 종로에서

권 순 도

차 례

머리말 · *4*

1. 동티모르를 향해 · *13*
   남태평양 · *15*
   파병 준비 · *17*
   어리버리한 사진병 · *21*
   출국 · *23*

2. 동티모르와 포르투갈 · *25*
   엔리케 항해왕자 · *27*
   말라카 요새 · *31*
   샌달우드를 찾아서 · *35*

3. 티모르의 어두운 과거 · *37*
   악어섬의 역사 · *39*
   태평양 전쟁과 티모르 · *44*
   인도네시아군 · *48*
   침공의 배경 · *50*
   UN 평화유지군 파병의 배경 · *52*

4 . 로스팔로스 · *59*
　　로스팔로스 주둔지 · *61*
　　UN의 독일 아가씨 · *64*
　　열대의 태양 아래 · *66*
　　주둔지 영화상영 · *73*
　　눅눅한 군복 · *75*
　　아가씨가 귀한 로스팔로스 · *77*

5 . 딜리 · *79*
　　딜리로 가는 길 · *81*
　　수상 호텔 · *86*
　　비극의 현장에서 · *90*
　　딜리의 망치소리 · *95*

6 . 동티모르 일기 · *99*
　　동티모르 엽기풍물 · *101*
　　질병과의 전쟁 · *104*

알비노 · *106*

태국군 · *108*

콧대 높은 호주군 · *112*

호주군의 이모저모 · *117*

안젤리카 촬영지원 · *121*

우째 이런 일이! · *126*

군기 빠진 동티모르 방위군 · *131*

아쉬운 작별 · *136*

7. 오쿠시 · *141*

서부 개척 · *143*

주둔지 건설 · *149*

UN직원의 눈에 비친 요르단군 · *152*

국경 통제소 · *154*

민사활동 · *156*

국경선의 지휘관 회의 · *160*

재보급 작전 · *161*

내가 만난 일본 자위대 · 164

주민 체육대회 · 171

8. 내일을 향하여 · 175

상록수부대 UN 메달 수여식 · 177

한·미 연합 의료 지원 · 182

그리운 고국으로 · 184

영광의 날 · 188

신생국의 고민거리 · 191

대한의 건아로서 · 195

상록수의 혼 · 197

부록 · 199

1. 동티모르인의 눈에 비친 상록수부대 모습 · 201

2. 국내외 언론에 소개된 상록수부대 5진 활동 · 204

3. 참고문헌 · 206

4. 기타 참고자료 · 207

1. 동티모르를 향해

더운 날씨 때문인지 남태평양에서는 모든 것이 천천히 흘러가는 것 같다. 주민들은 시간의 개념을 잃은 지 오래이며, 서두르는 모습은 어디에서도 전혀 찾아 볼 수 없다. 이렇게 평화로운 곳이 과거 대전(大戰)의 무대였다는 사실은 참 믿기 어렵다.

남태평양

　나는 어린 시절부터 해외 주재근무로 일하시는 아버지를 따라다녀, 남태평양에서 10여 년을 보냈다.

　남태평양이라고 하면 환상적인 섬에 탐스러운 야자수, 늘씬한 미녀들이 일광욕을 즐기는 아름다운 해변 등을 많이 떠올린다. 그러나 나에게 남태평양은 추상적인 낭만이 존재하는 곳이 아닌 작렬하는 태양 아래 1년 내내 후덥지근한 날씨, 시간개념을 상실한 듯한 생활, 고요함, 때묻지 않은 자연, 그리고 태평양 전쟁의 흔적들이 있는 곳이다.

　더운 날씨 때문인지 남태평양에서는 모든 것이 천천히 흘러가는 듯하다. 주민들은 시간의 개념을 잃은 지 오래이며, 서두르는 모습은 어디에서도 전혀 찾아 볼 수 없다. 그렇게 평화로운 곳이 과거 대전(大戰)의 무대였다는 사실은 참 믿기 어렵다.

　남태평양 여러 나라들 가운데, 헨더슨 비행장을 중심으로 미국측 연합군과 일본군이 치열한 격전을 치른 솔로몬 군도에는 아직도 당시에 쓰던 전쟁 무기들이 방치된 상태로 있다.

　어린 시절 나는 현지인들과 함께 정글을 뒤지다가 추락한 전투기, 탱크, 참호, 지뢰밭, 심지어는 갖가지 화기를 저장해 두었던 무기고와 바다에 침몰한 대형 군함들을 수없이 많이 볼 수 있었는데, 이때 나는 마치 모험영화의 주인공이나 된 듯한 착각에 빠지곤 했다.

　세월이 흘러, 이번에는 내가 군인의 신분으로 남태평양을 방문하

△ 솔로몬군도의 과달카날 섬 정글을 뒤져 찾은 파괴된 미군 M4셔먼 전차(제조번호 D50878 SER 3722E)에서 초등학교 5학년 때(1989년) 여동생과 함께

게 되었다. 직접 전투를 치르는 것과는 비교할 수 없겠지만, 낯선 땅에 파병되어 군인으로 생활하면서 어린 시절 내가 상상하던 전쟁의 주인공들 마음을 조금이나마 이해할 것 같았다.

파병 준비

대학에서 영화제작학과를 졸업한 뒤 나는 다소 늦게 군 입대를 하였고, 전공과는 무관한 사단본부 행정업무를 맡게 되었다.

그렇게 자대생활을 한 지 약 3개월이 지난 어느 날, 이상한 소문이 들리기 시작했다. 우리 사단에서 나와 다른 병사 하나가 동티모르에 파병된다는 소문이었다. 정작 본인인 나는 모르고 있는데 몇몇 병사들이 "동티모르로 해외파병 간다며?"라고 물어왔다. 동티모르 파병생활이 어떠한지 잘 몰랐기에 그 소문에 어떻게 반응해야 할지 어리둥절했다.

그 당시 별 희한한 소문이 다 들렸다. 동티모르에서는 복무기간을 두 배로 쳐준다느니, 그곳에서 하루를 국내 복무기간 일주일로 쳐준다느니, 갔다 오면 최소한 3천만 원은 벌어 온다느니, 듣기에 좋은 온갖 헛소리들이 들려 나를 들뜨게 하였다. 나쁜 소문들도 있었다. 엄청나게 힘든 공수교육을 받기 때문에 체력측정에서 불합격하면 못 가고, 가면 전투부대로 가서 총 맞는다는 둥, 한국군 누구는 민병대에게 잘못 걸려 살해당한 뒤 귀를 잘렸다더라는 말 들이었다. 물론 이들 소문 가운데 제대로 된 것은 하나도 없었다. 이렇게 소문만 무성하던 어느 날, 드디어 정식공문이 내려와 동티모르 파병 희망자를 선발하는 날이 왔다.

처음엔 유학생활을 꽤 오래했기에 어학병으로 갈까 하다가 전공과 가까운 사진병으로 지원하기로 했다. 일부러라도 사진병으로 가면 이곳저곳 많이 돌아다닐 수 있겠다는 생각에서였다. 뒷날 동티모

△ 파병 보름 전 환송식에서 가족, 친지들과 함께

르에서 사진병으로 생활하면서, 실제로 그 생각이 맞았다는 것을 알게 되었다. 그러나 괜히 사진 찍는다고 돌아다니다가 총 맞는 게 아닌가 싶어 다시 어학병으로 바꾸어 지원하려고도 하였다. 결국 실제 면접 장소에서까지 무엇이 나을지 몰라 고민하다 사진병 면접과 어학병 면접을 둘 다 보았다. 두 쪽 다 합격해 내게 선택권이 있을 것이라 생각했지만, 그것은 착각일 뿐이었다. 사진병이 어학병에 비해 부족하다는 이유로 사진병으로 결정이 난 것이다.

일단 상록수부대원으로 선발된 인원들은 파병 전 교육 및 준비과정을 거친다. 먼저 현지에 빠르게 적응하기 위한 체력단련을 받았고, 말라리아 예방교육과 동티모르 현지경험이 있는 간부나 외부강사들이 가르치는 파병 전 교육이 있었다.

2001년 10월 5일, 파견국 정세에 대한 손봉숙 씨의 초빙강연도 있었다. 손봉숙 씨는 1999년 7월 12일 요한 크리글러 남아프리카공

화국 헌법재판소장 등과 함께 UN 국제선거관리위원 자격으로 동티
모르 수도 딜리에 파견되어 독립투표를 성공적으로 관리하는 데 결
정적인 기여를 한 분으로, 그곳에서 쌓은 풍부한 경험으로 동티모르
의 현황과 다소 특이한 사항들을 설명해 주셨다.

　이 강연에서 기억에 남은 것 가운데 하나는 한국군이 상황 조치
를 할 때나 타국인들을 대할 때 매우 순진한 모습을 보여준다는 이
야기였다. 사실 나도 뒤에 동티모르에서 지내면서 이 부분에 매우
공감하였다. 그분의 말씀에 따르면, 한국군은 어디 초청을 받아 가
면 선물이나 기념품을 받는 일이 거의 없으나, 타국군이 한국부대를
방문하면 한국 특유의 손님접대 문화 때문인지 선물과 기념품을 푸
짐하게 주고, 식사제공을 하는 등 세심한 배려를 아끼지 않는다고
하였다. 또한 취객이 행패를 부린다든가 수상한 사람이 접근하는 등
의 돌발 상황이 발생할 때, 타국 부대들은 직접 조치를 될 수 있는
한 피하고 상황보고만 과장되게 하여 관할지역에서 그들의 존재가
치를 높이는 반면, 한국군은 즉시 상황을 직접 해결하고 별 문제가
없는 것으로 상황보고를 하기 때문에 지역의 치안을 완벽히 유지하
는 대신에 해당지역 안에서 한국군의 존재가치는 상대적으로 떨어
진다는 것이다.

　상록수부대 제1진은 1999년 10월 동티모르에 파병되었고, 나는
제5진에 속해 있었다. 나중에 자세히 언급하겠지만 제5진은 한국군
해외 파병 부대로서는 최초로 역사적인 부대이동을 했다.

　UN 평화유지군의 인원감축 계획에 따라 몇몇 나라 군대는 그
들의 임무를 마치고 본국으로 복귀할 것을 명령받게 되었다. 쉽게
말해 별 볼일 없는 참여국 순으로 본국에 복귀했다는 것이다. 이
때 상록수부대는 UN 평화유지군으로서 모범적인 활동을 인정받

아 요르단군이 주둔해 있던 '오쿠시'(Oecussi)로 부대이동을 명령
받게 된다.

부대이동 뒤 상록수부대가 주둔하던 동티모르의 동쪽 끝에 위치
한 라우템(Lautem) 지역의 로스팔로스(Lospalos)는 동티모르 방위군
(ETDF: East Timor Defence Force)이 주둔하게 되었다. 그리고 상록
수부대가 로스팔로스를 떠난 지 한 달도 되지 않아 그 지역에서 동
티모르 방위군이 저지른 강간사고가 발생하였다. 동티모르 방위군
은 600여 명으로, 창설된 지 얼마 안 되었기 때문에 아직 군기가 제
대로 잡히지 않았던 것이다. 한편, 이는 상록수부대가 그 지역에서
약 2년 동안 주둔하며 얼마나 완벽한 치안유지활동을 했는지를 알
수 있는 사건이기도 하다.

어리버리한 사진병

　상록수부대는 국내 언론매체에서 보도한 것과 같이, 육군 최정예 부대이다. 육군에서 내로라하는 우수한 인재들과 전투병력들이 모였다 하여도 지나친 말이 아닐 것이다. 물론 가끔 예외도 있다.

　입대 전 아는 형들로부터 "군에 입대하면 꼭 고문관이 하나씩 있어 주위사람을 피곤하게 한다"는 말을 듣고 나도 조심해야겠다고 다짐한 적이 있었다. 그런데 그 고문관이 자신인 것을 알게 된 것은 입대를 하고 얼마 지나지 않아서였다.

　앞에서 얘기한 대로, 자대에서 나는 행정업무를 맡고 있었기 때문에 상록수부대에서 시작하게 된 사진병 업무는 순탄하지 않았다.

　군대에서는 사진촬영 전에 반드시 신고를 한다. 예를 들면, 촬영을 시작할 때는 거수경례와 함께 "단결! 2회 촬영하겠습니다!"라며 시작하고, 촬영이 끝난 뒤에는 "단결! 촬영 마치겠습니다!"라고 하여 촬영을 마치는 신고형식이 있는 것이다. 그런데, 처음 단체사진을 찍을 때 나는 이 신고형식을 전혀 모르는 상태였다. 물론 주위에서는 내가 사진병으로 왔으니 당연히 알 것이라고 생각한 것 같다. 결국 파병 신고식이 있던 날, 식이 끝나고 단체 기념촬영을 하는 도중, 나는 여러 장병들에게 강한 인상을 심어 주게 된다.

　장군, 대령 외 여러 장교들과 장병들 앞에 서서 주위를 여유롭게 한 번 훑어본 뒤 내 딴에는 상냥하게 한다고 "찍겠습니다" 하고 한 장을 찍었다. 어째 분위기가 좀 냉랭한 느낌이 들어 카메라를 살짝 내리고 장병들의 인상을 살펴보았다. 더러는 당황하여 얼얼한 표정,

어리둥절해 하며 황당해 하는 표정, 심지어는 분노에 찬 표정들이 눈에 들어왔다. 이유는 몰랐으나 그 상황을 만회해 보려고 더욱 상냥한 목소리로 "한 장 더 찍겠습니다" 하고 다시 한 장을 찍었다. 그러자 장병들의 험악한 표정의 강도는 한층 더 높아졌다. 뭔가 잘못된 것은 확실한데 뭘 잘못한 건지 알 수가 없었다. 장병들이 뭔가 기다리는 눈치여서 '사진을 한 장 더 찍어야 되나?'라고 생각하며 한동안 멀뚱히 서 있는데, 어느 장교 한 분이 거수경례를 붙이라는 손짓을 하셨다. 그제야 나는 촬영을 마친다는 신고도 안한 채 "단결" 하고 경례만 간신히 붙여 촬영을 마무리하였다. 누구인지는 몰랐으나 번쩍이는 별을 전투모에 붙이신 분이 꽤 못마땅해 하시는 눈치였고, 웅성이는 소리가 여기저기서 들려왔다.

"뭐야", "재 사진병 맞아?" 하는 소리였다.

이 인상적인 단체촬영 뒤, 여러 상록수 장교들한테 군대말로 일명 '갈굼'이란 따뜻한(?) 격려의 말을 여러 번 듣게 된 것은 두말할 필요가 없겠다.

✈ 출국

　　상록수부대 제5진의 출국조는 인원을 반으로 나누어 제1제대와 2제대로 편성되었다. 제1제대는 파병 신고식이 끝난 2001년 10월 17일 저녁 동티모르로 출국하였고, 내가 속해있던 제2제대는 그로부터 12일 뒤인 10월 29일, 캄보디아 국적 '캄푸치아' 항공기를 타고 동티모르를 향해 이륙하였다.

　　해외파병이 막 시작되려는 그 순간에도 나는 실감이 나질 않았다. 병사 신분으로 군복무를 하는 중에 그렇게 출국한다는 것은 꿈에도 생각 못 했던 일이었다. 항공기 속에서 우리는 설렘으로 눈도

△ 바우카우 공항에 도착해서 전우들과 함께

제대로 붙이지 못했다. 그리고 다음날 새벽 인도네시아 셀레베스 섬의 우중판당(Ujupandan)에서 1시간 30여 분 재급유를 한 뒤 아침 6시 30분, 드디어 동티모르 바우카우(Baucau) 공항에 착륙하였다.

2. 동티모르와 포르투갈

포르투갈 함대가 말라카를 점령한 이듬해
인 1512년, 일부 포르투갈 상인들은 배를
타고 샌달우드가 나올지도 모르는 새로운
섬을 찾아 남태평양을 향해 말라카 항구에
서 닻을 올렸다. 이렇게 샌달우드를 찾아
나선 포르투갈 상인들이 드디어 티모르 섬
을 발견하게 된 것이다. 이것이 포르투갈이
티모르 섬과 관계를 맺게 된 첫 사건이다.

엔리케 항해왕자

　독자들을 동티모르로 인도하기에 앞서, 동티모르의 역사를 짚어보는 것이 이해에 도움이 될 듯 싶어 잠시 동티모르 사태의 배경이라고 할 수 있는 역사를 알아보려고 한다.

　동티모르가 최초로 접한 외부세계는 포르투갈로, 외부세력으로서는 동티모르의 역사를 가장 오랜 시간 좌우했기 때문에, 동티모르를 이해하는 데 꼭 알고 넘어가야 하는 나라이다.

　포르투갈은 15세기에서 18세기까지 강력한 해상세력을 바탕으로 세계 도처에 식민지를 갖고서 큰 부(富)를 누렸다. 그러나 오늘날은 과거 그 많았던 식민지를 잃고, 거의 작은 크기의 본토만을 유지하고 있다.

　유럽대륙의 서쪽 끝에 있는 조그만 나라가 과거 이러한 세계진출을 할 수 있었던 것은 '항해 왕자'라 불리는 엔리케(Henrique o Navegador) 왕자가 있었기 때문이다. 그는 15세기 유럽에서 처음으로 대항해(大航海) 시대의 막을 올린 사람이다.

　엔리케 왕자는 직접 탐험대를 이끌고 아프리카 서해안을 탐험하여 많은 섬들을 발견하였다. 또한 새로운 지역을 계속 발견하기 위해 선단을 지원하고, 이들을 남아메리카 동해안에까지 파견하였다. 이 밖에도 최신형 범선을 만들고 고도의 항해술을 연구하고 가르치는 학교도 세우는 등, 유럽의 작은 나라인 포르투갈이 유럽의 큰 나라들을 제치고 해양강국이 되는 밑바탕을 만들었다. 이렇게, 포루투갈은 당시 해양에 아직 눈을 돌리지 않고 있던 유럽의 다른 나라들

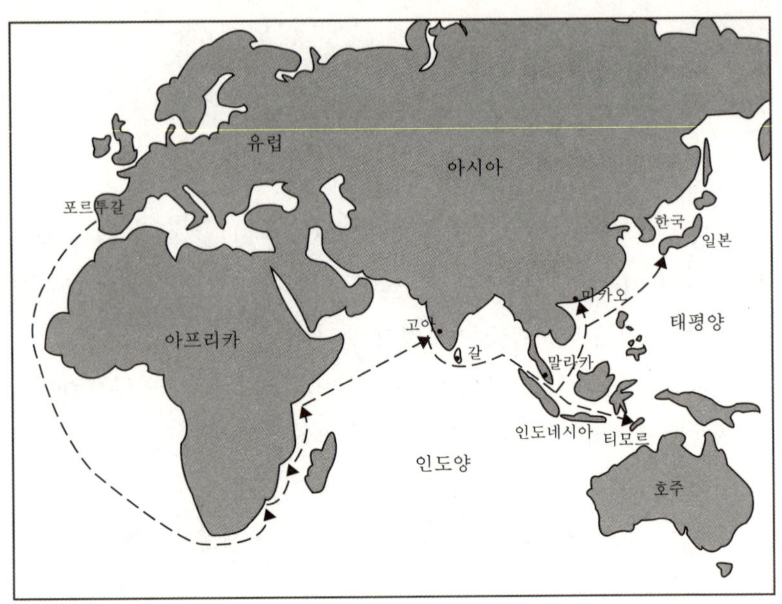

△ 16세기 포르투갈의 동양 진출

보다 일찍이 해양방면에 눈을 돌렸고, 1498년에는 바스코다가마가
아프리카의 남단을 돌아 아프리카의 동해안을 따라서 인도로 가는
항로를 발견하기도 하였다. 바스코다가마가 항로를 발견하는 데는
중국 명나라의 환관제독인 정화(鄭和)가 15세기 초에 콜럼버스나
마젤란에 앞서 전세계를 일주하면서 만들어 놓은 지도가 큰 도움이
되었다. 엔리케 왕자는 이 지도를 얻어서 항해를 떠나는 바스코다가
마에게 주었다. 바스코다가마의 항로 발견 이후 아시아의 향료가 바
다를 통해 유럽으로 수입되어 당시 리스본(포르투갈의 수도로서 항
구도시)은 큰 부를 쌓고 번영을 누렸다.

오늘날 리스본의 벨렘 지역에 있는 테조 강가에는 포르투갈을 위
해 죽음을 각오하고 먼 바다로 떠나 새로운 지역을 발견한 위대한

28

탐험가이며 항해가인 이들을 기념하기 위해 높이 53미터의 거대한 탑이 세워져 있다. 5세기 전, 바스코다가마가 항해를 위해 닻을 올린 바로 그 장소에, 엔리케 왕자가 죽은 지 500년이 된 1960년에 세워진 이 탑에는 많은 사람들의 모습이 조각되어있다. 맨 앞에 서서 손에 배를 들고 바다를 응시하고 있는 인물이 엔리케 왕자이고, 그 뒤를 수많은 탐험가와 천문학자, 지리학자 등이 따르고 있다. 이들 모두는 아무나 흉내낼 수 없는 용기와 굽힐 줄 모르는 집념을 가진 인물들로서 그 당시 피끓는 포르투갈 청년들에게 용기와 모험심을 고취해 준 인물들이다.

2002년 6월, 우리나라에서 열린 월드컵 경기에서 우리와 예선 마지막 경기를 치룬 포르투갈의 국기를 자세히 들여다보면 방패를 둘러싸고 있는 지구 모양의 둥근 항해용 도구가 보인다. 15세기 대항해 시대의 진취적인 기상과 정신은 오늘날 이렇게 포르투갈의 국기를 통해서도 후세에게 면밀히 전해져 내려오고 있는 것이다.

오늘날 지구의 반대편인 동티모르의 수도 딜리 시내의 중심에도 엔리케 왕자의 상(像)이 바다를 바라보며 서있다. 그 상은 포르투갈과 동티모르 관계의 긴 역사를 조용하게 말해주고 있다.

말라카 요새

　　인도항로를 발견한 포르투갈 사람들은 아시아와 향료무역을 하기 위한 해상 항로(航路)를 장악하려고 인도 중서부 아라비아해에 면해 있는 항구도시인 고아(Goa)를 1510년에 점령하고, 이 지역을 아시아진출의 거점으로 삼았다. 16세기 말부터 포르투갈의 해상세력은 영국, 네덜란드, 프랑스의 도전을 받아 무너지기 시작하였지만, 고아는 1961년까지 450여 년 동안 포르투갈령이었다가 인도에 반환되었다.

　　포르투갈은 고아를 동양무역의 거점으로 사용하는 이외에 이곳

△ 스리랑카 남단 '갈'에 포르투갈인들이 건설한 요새

을 성 료욜라(Ignatius Loyola)가 창시한 예수회(Jesuit Missionary) 포교의 거점으로도 사용하였다. 즉, 1542년에는 예수회의 성 자비에르(Francis Xavier)가 이곳에서 본격적으로 예수회를 동방에 전하기 시작하였다. 이와 같이 고아는 16세기 초에 아프리카 동해안에 있는 포르투갈령 지역, 중국 남부의 마카오, 동티모르, 말레이 반도의 말라카, 스리랑카 남부의 갈(Galle) 등을 연결하고 관장하는 중요한 구실을 하였다.

이 때가 포르투갈로서는 해상무역 활동의 정점의 시기였기 때문에 오늘날도 고아에는 오랜 기간에 세워진 성당과 건물이 이국적인 분위기와 모습을 보여주고 있다.

그 동안 포르투갈 사람들은 말레이 반도와 수마트라 섬 사이에 있는 말라카 해협을 관장할 거점을 말레이 반도의 말라카(Malacca)에 만들었다. 길이 약 900km인 이 해협은 오늘날도 세계에서 선박 왕래가 가장 많은 해협의 하나이며 우리나라를 포함한 극동지역의 나라들에게도 아주 중요한 해협이다. 유럽과 극동아시아를 운항하는 화물선, 중동에서 기름을 싣고 오는 유조선이 모두 이 해협을 지나므로, 요즘도 이 해협에는 해적이 출몰하여 지나가는 배에 적지 않은 피해를 입히고 있다.

포르투갈은 1511년, 당시 동남아시아, 중국, 오키나와와 인도양을 잇는 국제무역의 중심지로서 번영하고 있던 말라카 왕국(말레이 사람들이 세운 나라)의 말라카를 점령하였다. 이어서, 말라카를 마카오나 동티모르로 가는 포르투갈 선대(船隊)의 기항지로 만들고 이 항로를 장악하기 위해 해협을 내려다 보는 언덕에 즉시 요새를 만들었다. 이 요새를 파모사(Famosa)라고 부른다. 포르투갈은 이렇게 인도양과 태평양을 잇는 중요한 해상 무역로를 확보하였고 포르투갈

△ 파모사 요새의 남쪽 문(문 위의 문장은 네덜란드인의 상징임)

상인들은 이 지역(오늘날 동남아시아, 특히 인도네시아)에서 향료, 고급 목재, 칠기 등을 구입하여 유럽에 보내거나 또는 샌달우드와 같은 고급 목재를 중국이나 인도에 보내기도 했다. 육류를 주식으로 하는 유럽인들에게 후추 같은 향료, 특히 영어로 누트멕(Nutmeg)이라고 부르는 육두구(肉豆蔲)나무의 껍질은 고기를 오랜 기간 보관하거나 냄새를 없애 주는 구실을 하였다. 요즘 쉽게 구하는 후추가 16세기에서 17세기 유럽인들에게는 아주 비싸고 귀한 상품이었던 것이다. 당시 유럽에서는 부유층 사람들만 향료를 살 수 있었으며 동양에서 많이 나오는 향료를 거래하는 상인들은 큰돈을 벌었다.

　따라서 향료무역을 확보하기 위해 포르투갈, 스페인, 영국 등 유럽 여러 나라들은 때로는 무력을 사용하기도 하며 서로 치열한 경쟁을 벌였다.

파모사(Famosa) 요새에는 원래 4개의 문이 있었다. 그러나 1641
년, 네덜란드군과 포르투갈군의 전투 때 많이 파괴되어, 오늘날에는
산티아고 문(Porta de Santiago)이라고 불리는 남쪽의 문만 남아 있다.

뒷날 포르투갈로부터 말라카를 빼앗은 네덜란드는 전투 중에 부
서진 파모사 요새를 수리하면서 규모를 더욱 확장하였다. 그리고 요
새 안에 남아 있던 포르투갈의 흔적을 없애버렸다. 오늘날 산티아고
의 문 위에 새겨져 있는 상징적인 장식무늬는 포르투갈 것이 아니고
네덜란드 것이다.

네덜란드의 동인도회사에 점령된 말라카는 이미 네덜란드의 식
민지가 되어 있던 바타비아(오늘날 인도네시아의 수도인 자카르타)
와 네덜란드를 연결하는 중요한 무역항의 구실을 하였다.

네덜란드인들은 말라카 시내에 1753년부터 12년에 걸쳐 개혁교
회 건물을 세웠다. 이 교회는 18세기 말 영국인들이 네덜란드로부터
말라카를 인수하면서 성공회 예배당으로 사용하기도 했으나 현재는
말라카의 역사를 보여주는 하나의 상징물로서 남아 관광명소가 되
고 있다. 이 교회 앞 광장은 오늘날 '네덜란드인의 광장'(Dutch
Plaza)으로 불린다. 말라카의 현재 인구는 30만 명이 넘으며 멜라카
(Melaka)라고도 불린다.

샌달우드를 찾아서

    동남아시아와 남태평양에는 샌달우드(Sandalwood)라고 불리는 고급 목재가 자라고 있는데 오래 전부터 중국인과 인도인들은 이 목재를 아주 좋아했다. 중국에서는 이를 백단(白壇)이라고 부르는데, 아주 향내가 진해 중국과 인도에서는 불단이나 조각을 만드는 데 수입하여 많이 사용하고 있다. 16세기부터 19세기에 걸쳐 많은 서양 상인들이 이 나무를 구해서 중국과 인도에 팔기 위해 남태평양의 여러 섬을 돌아다녔다. 현재도 이 나무는 인도나 미얀마에서 아주 비싼

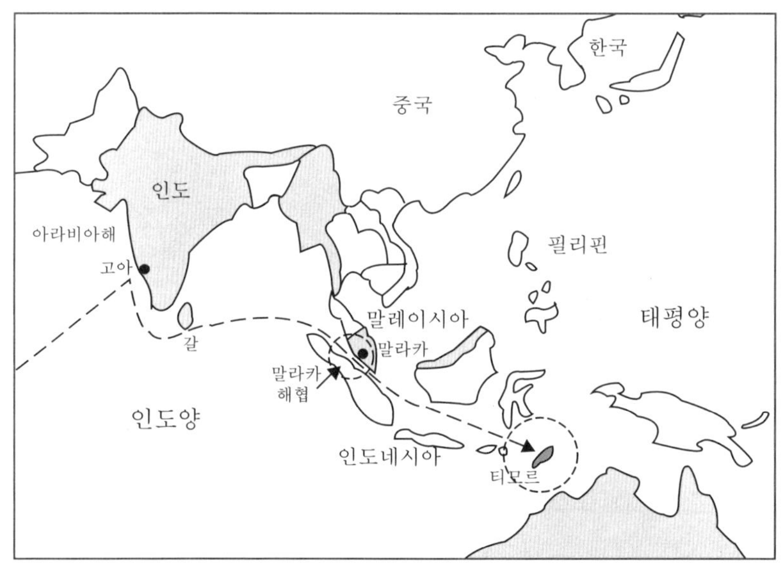

△ 포르투갈의 티모르 진출 경로

가격에 거래되고 있다.

　포르투갈 함대가 말라카를 점령한 이듬해인 1512년, 일부 포르투갈 상인들은 배를 타고 샌달우드가 나올지도 모르는 새로운 섬을 찾아 남태평양을 향해 말라카 항구에서 닻을 올렸다. 이렇게 샌달우드를 찾아 나선 포르투갈 상인들이 드디어 티모르 섬을 발견하게 된 것이다. 이것이 포르투갈이 티모르 섬과 관계를 맺게 된 첫 사건이다.

3. 티모르 섬의 어두운 과거

민병대와 인도네시아군은 마을 곳곳을 돌아다니며 주민들을 협박하여 트럭 또는 배에 태워 서티모르(인도네시아령)로 보냈고, 도시를 파괴하고 주민을 학살하였다. 이 무렵 강제로 서티모르로 옮겨진 동티모르인들이 10만여 명으로 추산되고, 딜리 시내의 건물 가운데 80%가 파괴되는가 하면 동티모르 인구의 절반이 학살을 피해 산 속으로 피난을 가기도 하였다.

악어섬의 역사

　2002년 5월 20일, 인도네시아로부터 독립한 21세기 최초의 신생국인 동티모르는 남쪽으로는 인도양, 북쪽으로는 태평양에 둘러싸인 길이 470km, 폭 110km, 면적이 32,350km²인 고구마 모양의 티모르 섬 동쪽 절반에 자리한다. 동티모르의 면적은 19,000km²로서 강원도보다 약간 크다.

　그리고 티모르섬 북쪽의 아타우로(Atauro) 섬, 동쪽 끝의 자코(Jaco) 섬을 비롯하여 앞서 잠깐 언급한 인도네시아령 서티모르 안에 있는 오쿠시 지역이 동티모르에 포함되어 있다. 수도는 딜리(Dili)이다.

　티모르 섬에 전해져 내려오는 한 전설에 따르면, 옛날에 등에 한

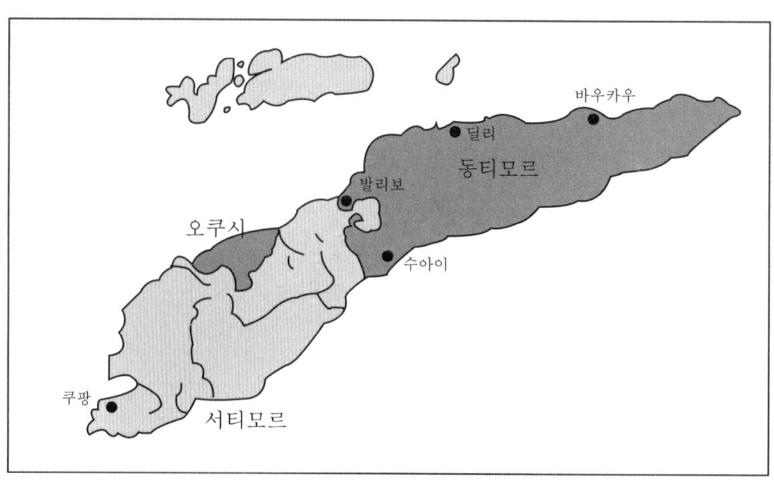

△ 티모르 섬

소년을 태우고 육지에서 바다를 향해 가던 악어가 지쳐서 죽었는데, 이 악어가 크게 변하여 언덕과 산이 있는 티모르 섬이 되었다고 한다.

앞서 나왔듯이 1512년 포르투갈인들이 오쿠시에 최초로 상륙한 이후, 1524년부터 약 450여 년 동안 포르투갈의 식민지 지배를 받는다. 그 뒤 포르투갈은 1701년 구에레이로(Antonio Coelho Guerreiro)를 첫 총독으로 임명하여 티모르에 보낸다. 이때부터 티모르는 정식으로 포르투갈의 식민지가 되었다. 그러나 그를 전후하여 동남아시아 지역은 포르투갈, 영국, 네덜란드, 스페인 등 서양 여러 나라의 식민지 확보를 위한 각축장이 되어 있었는데, 포르투갈 세력이 점차 쇠퇴하는 반면 이 지역(오늘날의 인도네시아 지역)에서는 네덜란드의 세력이 강하게 확장되고 있었다.

18세기가 시작되면서 네덜란드는 다른 라이벌들을 이 지역에서 밀어내기 시작하다가 드디어 1769년, 티모르 섬에서 이미 기득권을 갖고 있던 포르투갈을 티모르 섬의 동부 지역(오늘날의 동티모르)으로 몰아내고 섬의 서부를 점령하였다.

그 뒤 1849년, 포르투갈은 네덜란드와 분할 영유에 합의, 서티모르를 네덜란드에 정식으로 양도하게 된다. 이때부터 악어 모양의 티모르 섬은 서부는 네덜란드, 동부는 포르투갈의 식민지로서 1세기 이상을 보내게 되었다. 그러나 섬의 서부 가운데 오쿠시(Oecussi) 지역은 계속 포르투갈이 소유하고 있었다. 포르투갈은 티모르 섬을 발견할 때 처음으로 오쿠시에 상륙하였고 오랜 기간에 걸쳐 이 지역에 기반을 만들어 놓았던 것이다. 이러한 역사적, 정치적 그리고 인종적 인 일들이 복잡하게 얽혀 오늘날도 오쿠시 지역은 인도네시아에 속한 서부 티모르 안에 위치하고 있으면서도 동티모르에 속해 있다.

이렇게 450년이라는 긴 세월 동안 포르투갈의 통치를 받았기에 동티모르에서는 소수이긴 하지만 아직도 서양인의 얼굴을 갖고 있는 주민을 볼 수 있다.

인도네시아는 1945년 8월 17일 독립을 선포한 뒤 과거 네덜란드의 식민지였던 많은 지역을 거의 모두 인수하였다. 그 일환으로 1949년 12월 27일 서티모르를 공식 합병하게 되는데, 그동안 동티모르는 계속 포르투갈의 식민지로 남아 있었다.

그러나 1974년 4월 25일, 포르투갈에서는 군부(軍部)가 주축이 되어 무혈혁명이 일어났다. 혁명의 성공으로 독재정권이 무너지고 새로이 탄생한 정부는 그해 7월 포르투갈이 가진 모든 해외영토의 독립권을 인정하였다. 그리하여 포루투갈은 동티모르의 독립을 약속하고 그 다음해인 1975년 동티모르 지역의 식민통치 종료를 발표하였다.

그리하여 1975년 11월 28일, 동티모르의 독립지도자 아마랄(Xavier do Amaral)이 동티모르의 독립을 선언하였다. 아마랄은 강경 독립파인 프레틸린(FRETILIN: Frente Revolucionaria de Timor Leste Independente, 동티모르 독립혁명전선)의 최고지도자였다. 이러자 인도네시아군은 열흘만에 즉시 행동을 취하여 그 해 12월 7일, 병력 1만 명을 동원하고 육해공 입체작전을 벌여 동티모르에 상륙, 무력으로 동티모르를 점령하였다. 다음해 7월 16일, 인도네시아 국회는 동티모르를 인도네시아의 27번째 주로서 합병하는 법안을 통과시켰고 그 다음 날 합병발표를 하였다.

동티모르 지역의 역사와 현실을 알고 있는 유엔은 이를 승인하지 않았다. 또한 동티모르 안에서는 인도네시아의 점령통치를 반대하

△ 동티모르 게릴라 지도자 니코라우 로바토를 사살한 인도네시아 육군 제744대대 병사들

는 세력이 프레틸린이 조직한 무력집단인 팔린틸(FALINTIL: Forcas Armadas Liberatcao Nacional De Timor Leste Fighters; 동티모르 민족 해방군, 우리나라 광복군에 해당)을 주축으로 산속에서 게릴라전을 벌이며 인도네시아군에 무장저항을 하였다. 그러나 이 독립세력을 이끌던 게릴라 지도자인 니코라우 로바토(Nicolau Lobato)는 1978년 인도네시아군에 의해 사살되었다. 그 뒤 사나나 구스마오(Xanana Gusmao)가 새로이 독립 세력의 지도자로 떠올라 인도네시아에 저항하였으나 1992년, 구스마오 또한 인도네시아군에 체포되어 자카르타에 있는 감옥에 투옥되었다.

그러나 동티모르 사태가 세계적으로 알려지면서 동정적인 국제

여론이 일고 인도네시아가 심각한 경제, 정치적 위기를 맞아 1998
년 인도네시아 정부는 동티모르에 자치권을 부여할 것을 발표하였
고, 그 다음해 독립을 위한 주민투표를 실시하여 투표결과가 독립을
찬성하는 방향으로 결정되었다. 그러나 이에 인도네시아군의 사주
를 받은 민병대가 주민들에게 난동을 부리며 시설물을 파괴하고, 학
살까지 자행하였다.

사태수습을 위해 동티모르에는 다국적군(INTERFET: International
Force in East Timor)이 투입되었다. 이는 얼마 뒤 UN체제로 바뀌어
UN 평화유지군이 상륙하였고 UN 과도행정부(UNTAET)가 설립되
었다.

이것이 독립 전에 일어난 이 나라의 역사다. 여기서는 간단하게
이 정도로 설명하고 뒷장에서 좀더 구체적으로 알아보기로 하자.

 태평양 전쟁과 티모르

　1941년 12월 8일 일본군이 진주만을 기습한 뒤 약 두달이 지난 1942년 2월 20일, 일본 해군 낙하산 부대를 태운 수송기 대편대가 셀레베스 섬의 동남부 켄다리 비행장을 떠나 남쪽에 있는 티모르 섬을 향해 기수를 돌렸다. 당시 티모르 섬에는 호주군과 네덜란드군 약 3천 명이 주둔하며 섬을 방위하고 있었다.

　일본군의 공격목표는 섬의 주요 항구와 비행장이 있는 섬 서남부에 면한 '쿠팡'(Kupang)이라는 항구도시였다. 일본군은 호주 북부 도시 '다윈'(Darwin)을 항공기로 공격하고 또 호주에 상륙할 필요가 있을 때 호주 북부해안에 상륙하기 위한 전진기지로서 티모르 섬을 전략적인 장소로 고려하고 있었다. 이러한 일본군의 계획에 대비한 호주군 역시 병력을 티모르 섬에 보내어 방어진지를 구축하고 있었다.

　그 일본군 낙하산 부대는 1개 대대로서 제1차 공격대 450명, 제2차 공격대 250명, 그리고 소수의 의무병들로 구성되었다. 이들을 태운 일본군 96식 수송기 한 대에는 12명의 낙하산병이 타고 있었고 낙하산 병들은 소총, 탄약, 4끼분 식량, 수통, 소금, 약 등 일인당 약 20kg 무게의 장비를 등에 메고 있었다. 제로 전투기 편대의 호위를 받으며 켄다리에서 약 740km를 날아온 낙하산 부대는 쿠팡비행장에서 동북쪽으로 4km 떨어진 곳에 강하하여 호주와 네덜란드 연합군의 방어를 뚫고 쿠팡 비행장을 점령하기 위한 전투를 하였다. 한편 '암본'(Ambon) 섬에서 해군 군함을 타고 온 해군육전대(해병

△ 호주와 네덜란드군을 공격하는 일본군 낙하산 부대(공수부대)

대)와 육군은 낙하산 부대가 비행장을 향하여 전진하는 동안 쿠팡 만에 상륙하여 호주군을 격퇴하고 내륙에 있는 비행장을 향해 전진 하여 결국 두 부대는 성공리에 비행장을 점령하였다. 이것이 일본군 의 첫 티모르 상륙이다.

1942년 3월 10일, 일본 육군은 자바(Java) 섬에서 네덜란드군을 격파하고 자카르타 남쪽에 있는 칼리자티 마을에서 그때까지 저항 하던 네덜란드군의 항복을 받았다. 당시 일본군 제16군 사령관 이마 무라 히도시(今村均) 중장은 칼리자티 마을 근처에 있는 비행장에서 네덜란드군 텔풀텐(H. ter Poorten) 중장의 항복을 받았다. 현재 이 비행장은 인도네시아 공군이 사용하고 있으며, 마을 주위의 분위기 는 60년 전과 비슷하다. 네덜란드군을 비롯한 연합군이 항복함으로 써 300여 년에 걸친 네덜란드의 식민지 통치는 끝나고 일본이 인도

△ 현재 칼리자티 마을에 있는 경찰서

네시아의 새로운 주인이 되었다. 이른바 '대동아동영권'이라는 기치를 높게 든 일본군은 처음에는 인도네시아 국민에게 열렬한 환영을 받았다.

티모르 섬에 상륙한 일본군은 점령군으로서 호주군을 도왔던 티모르 주민들을 잔혹하게 대했고, 주민들을 강제로 붙잡아다가 진지 공사에 투입시키는 등 네덜란드보다 훨씬 더 잔혹하게 인도네시아를 다스렸다. 또 일본군은 티모르섬을 약 3년 반 동안 점령하면서 농산물을 강제로 빼앗았다. 특히 호주군에 동조하던 주민들을 가혹하게 대하여 그 기간동안 티모르 주민 가운데 일본군의 학대와 기아로 약 4만 명 이상이 목숨을 잃었다.

태평양 전쟁이 끝나자 일본군은 인도네시아를 떠났으나, 전쟁 뒤 일본은 인도네시아에 있는 석유, 고무, 천연가스, 동, 니켈 등 천연

46

자원을 확보하는 한편, 인구 2억에 달하는 큰 시장을 가진 인도네시아에 자기 나라 제품을 수출하기 위하여 인도네시아와 좋은 관계를 유지하였다. 이러한 이유로 동티모르 사태에도 불구하고 일본은 끝까지 인도네시아 편에 서 있었던 것이다.

앞서 설명한 것처럼 일본군은 1942년에 처음으로 티모르 섬에 상륙했지만, 일본 민간인들은 이보다 훨씬 전에 이미 티모르 섬에 도착하였다. 태평양 전쟁이 일어나기 전 티모르 섬은 서쪽은 네덜란드, 동쪽은 포르투갈령으로 되어 있었는데, 일본은 1935년 포르투갈과 합작으로 포르투갈령 티모르에 '남양흥발'이라는 회사를 세우고 커피, 야자 농장을 경영한 것이다. 또 일본의 '남양수산'이라는 원양어업 회사는 동티모르 근해에서 참치잡이 조업을 하였다. 당시 딜리에는 일본의 영사관이 설치되어 있었고, 일본의 통치 아래 있던 필리핀 동남쪽 팔라우(Palau) 섬과 딜리 사이에는 일본 항공회사의 정기편 항공기가 운항되고 있었다.

제2차 세계대전에 포르투갈은 중립을 선언하였으므로 일본은 당시 포르투갈령인 동티모르는 점령하지 않고, 네덜란드령이던 서티모르만 점령하였다. 그러나 동티모르의 포르투갈 식민청에서 호주군이 동티모르로 진주하는 것을 허락하자, 이에 분노한 일본은 포르투갈이 중립을 어겼다 주장하며 곧이어 동티모르도 점령하였다.

태평양 전쟁 기간 동안 소수의 호주군은 산악지대에 들어가 게릴라전을 벌여 일본군을 괴롭혔다. 대규모의 일본군을 그 섬에 잡아두어 혹시 있을지 모르는 일본군의 호주 상륙을 저지하려 한 것이다.

인도네시아군

여기서 잠시 인도네시아군의 약사를 알아야 할 것 같다. 네덜란드가 인도네시아를 식민지로 통치하는 동안 네덜란드 식민청은 인도네시아의 젊은이들을 선발하여 군사훈련을 시킨 뒤 네덜란드 군대에 받아들였다. 이들의 임무는 극히 제한적이었다. 이들은 지방군에 배치되어 네덜란드군과 식민지 행정관들을 도와 해당지역의 치안을 확보하는 일을 하였다. 이들의 정식 이름은 '네덜란드 식민지군' (KNIL: Koninklijk Nederlands Indisch Leger)이었다. 그리고 인도네시아인은 이때 처음으로 근대적인 군사훈련을 받고 근대적인 군사조직을 경험하였다.

태평양 전쟁이 터지자 일본군은 인도네시아에 상륙하여 네덜란드군을 분쇄하고 새로운 점령자가 되었다. 일본은 이른바 그들이 주장하는 대동아공영권을 건설한다는 명목으로 인도네시아 청년들을 징병하여 일본식 훈련을 시켜 정규 일본군을 보조하는 임무를 맡겼다.

태평양 전쟁에서 일본이 패배하여 본국으로 돌아갔으나 일본군이 점령기간에 훈련시킨 인도네시아 청년 군사단체는 1945년 8월 17일, 인도네시아가 독립을 선언하자마자 인도네시아 국군의 주력이 되었다. 이들이 뒤에 다시 인도네시아에 돌아온 네덜란드군에 2년 동안 무력항쟁을 하여 인도네시아는 독립을 쟁취할 수 있었다.

인도네시아의 초대대통령인 수카르노는 미국과 소련이 주도한 동서 냉전시대에 비동맹 중립외교를 주창하였으므로 소련제 무기를

△ 인도네시아 공군의 소련제 미그21 전투기(1961년)

많이 구입하였다. 일본군이 남기고 간 일본제 전투기를 사용하여 네덜란드군과 싸웠던 인도네시아 공군은 독립한 뒤에는 소련에서 미그17, 미그21 그리고 일류신 폭격기(Il 28)를 구입하였다. 그러나 현재 인도네시아군은 주로 미제 전투기와 무기를 사용하고 있다.

침공의 배경

　　인도네시아는 동티모르를 점령한 뒤 자신들이 동티모르 주민들의 요청에 따른 의용군이며, 동티모르를 인도네시아의 영토로 삼은 것도 주민들의 의사에 따라 민주적으로 행한 것이라고 주장하였다.

　　인도네시아는 첫째, 동티모르 주민이 자국민족과 같은 민족이기 때문에, 둘째, 지역의 안정을 위해 합병을 한 것이라며 점령의 이유를 들었다.

　　그러나 동티모르가 포르투갈 지배에 대항하여 싸울 때 인도네시아는 동티모르를 지원하지 않았고 포르투갈에게 영유권을 주장하지도 않았다.

　　지역의 안정이라는 것도 명분이었을 뿐, 진정한 점령의 이유는 동티모르 같은 작은 나라의 독립이 서부 뉴기니인 이리안자야(현재 인도네시아 영토이나 독립운동이 일어나고 있음)의 독립운동에 영향을 줄까봐 그리고 대국의 간섭, 공산주의 세력이 준동할까봐 우려했기 때문이다.

　　인도네시아의 경제적인 이익도 빠질 수 없는 이유이다. 동티모르의 인근 바다 밑에 유전이 발견되었고 고급목재인 샌달우드, 커피 등이 생산되고 있어 인도네시아는 동티모르 점령에 매력을 느꼈을 것이다.

　　1968년 대통령이 된 수하르토 장군은 육군소장 시절인 1965년부터 인도네시아 내에서 공산세력을 박멸하면서 수많은 공산당원, 그 가족과 지지자들을 학살해 온 인물이었다. 그는 공산당을 공식적으로 불법화하고 대통령직을 32년이나 계속하였다. 군대를 배경으로 장기적인 독재정치를 한 그는 대통령 재임 기간 동안 외국자본을 끌어들여 인도네시아를 근대화하는 데 노력했다는 평가를 받아 '개발의 아버지'라는 별명을 얻기도 했다.

수하르토는 1974년 9월, 호주의 휘트럼 수상을 만나 그 다음해 있을 인도네시아의 동티모르 침공에 대한 동의를 받았다. 인도네시아가 동티모르를 침공하였을 때 이를 취재하기 위해 동티모르에 들어간 호주 언론인 5명이 서티모르와의 국경선 부근에 있는 발리보(Balibo) 마을에서 인도네시아군에게 살해되었지만, 호주정부는 이 사건에 대해 인도네시아 측에 어떤 항의도 하지 않았다. 같은 시기에 영국 언론인 2명도 살해되었으나 영국정부 역시 이 사건에 대해 어떤 항의도 하지 않았다. 이렇게 주변국의 침묵에 힘입어, 인도네시아는 서슴없이 침공계획을 실행에 옮겼다.

1975년 12월 7일, 인도네시아군 1만 명이 동티모르의 딜리 해안에 상륙하였다. 바로 이틀 전인 12월 5일, 인도네시아를 방문한 미국의 포드 대통령과 키신저 국무장관은 수하르토 대통령과 환담을 나누었다. 이때 수하르토는 포드 대통령에게 동티모르 안에 있는 공산세력을 분쇄하겠다는 명분을 내세워 전면공격 계획에 대해 이야기한 것으로 알려졌다.

UN 평화유지군 파병의 배경

UN 총회에서는 인도네시아의 동티모르 침공을 비난하였으나, 인도네시아의 최대 투자국인 일본이 잠자코 있고 옆에 있는 호주도 조용하게 있었다. 게다가, 인도네시아에 무기를 팔아온 미국과 영국도 침묵을 지키자, 인도네시아는 UN의 비난을 무시해 버렸다.

1975년 12월 7일, 월남전 뒤 미국에서 도입한 인도네시아의 OV-10 공격기와 함께 해군 함정들이 딜리 해안에 나타났다. 사령관 베니물다니(Benny Moerdani) 장군과 전투지휘관 다딘 칼부아디(Dadin Kalbuadi) 대령이 이끄는 1만 명의 상륙부대는 곧 딜리 해안을 점령하고 내륙으로 진격을 하였다. 베니물다니 장군은 훗날 인도네시아의 국방장관이 되었다.

인도네시아가 미국에서 구입한 브론코(Bronco)라는 이름의 OV-10 공격기는 7.62mm 기관총 4문과 로켓탄을 장비하고 완전무장한 낙하산병 5명이 탈 수 있는 비행기로서 적정 관측, 지상 공격, 공중전, 보급품 투하, 부상병 운반 등의 여러 임무를 수행하는 다목적 군용기로서 짧은 활주로에서도 이착륙이 가능하다. 따라서 미군이 월남전에서 많이 사용하였다. 인도네시아군은 이 비행기를 사용하여 딜리를 점령한 뒤 동티모르에서 가장 큰 비행장인 바우카우 기지에 12대 이상을 상주시켰다. 동티모르를 쉽게 점령한 인도네시아군은 1976년 7월 17일, 티모르를 27번째 주로 공표하였다.

한편 산악지대에 들어간 프레틸린은 게릴라 활동을 하며 인도네시아군에 계속 저항하였다. 프레틸린은 초기에는 약 2천 명 정도의

◁ 자바 섬에서 상륙작전 훈련을 하고 있는 인도네시아 해병대

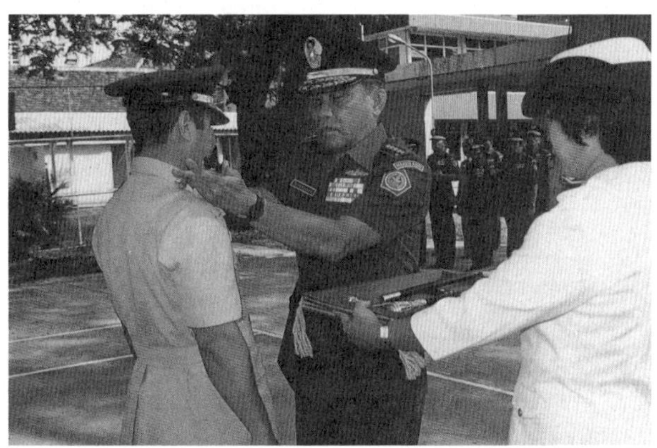

▷ 인도네시아군 초급장교에게 계급장을 달아주는 베니물다니 장군

◁ 인도네시아군의 미제 다용도 공격기 OV-10(록웰(Rock-well) 회사 제조, 최대시속 452km)

무장세력으로 시작하였다. 인도네시아군의 소탕작전 때문에 한 때는 천 명으로 줄어든 적도 있으나 많을 때는 그 인원이 2만여 명에 이르렀다.

포르투갈 통치기간 동안 포르투갈 군대에 입대한 경험이 있는 젊은이 2,500여 명의 대부분이 프레틸린의 주축을 이루었다. 그리고 프레틸린 게릴라 부대(팔린틸)는 포르투갈제 G-3 소총, 러시아제 AK47 소총, 미제 M16 소총으로 무장하고 있었다. 물론 프레틸린 말고도 다른 독립투쟁 단체들이 여러 개 있었으나 프레틸린이 가장 큰 규모로서 적극적인 활동을 펼쳤다.

프레틸린과 인도네시아 측의 싸움이 계속되는 동안 인도네시아군은 프레틸린과 그 가족, 그리고 동조하는 주민을 체포, 학살, 고문, 구금하는 한편, 수용소를 만들어 주민들을 집어넣기도 했다. 이러한 가운데 농업을 중심으로 한 주민들의 자급자족 생활은 붕괴되어 버렸고 주민들은 인도네시아군, 그리고 이들의 앞잡이로 변한 이웃 주민들의 감시 아래서 먹을 식량조차 제대로 얻지 못해 기아에 허덕이게 되었다. 인도네시아 정부는 동티모르 젊은이를 징용하여 군대에 입대시키는 한편, 인구가 많은 자바 섬에서 10만 명의 주민들을 동티모르로 이주시켜 장기적으로 동티모르 주민의 순수성을 말살하려는 정책을 폈다.

1997년 말부터 아시아의 경제위기와 인도네시아 국내의 산불, 가뭄에 따른 식량부족 사태는 인도네시아 국민의 불만을 고조시켰다. 1998년에 들어 이 사태는 결국 민중의 격렬한 폭동과 학생들의 데모를 유발하고 말았다. 이러한 국내 사정에도 불구하고, 수하르토는 1998년 3월 10일, 연속 7번째 대통령에 당선되었다. 그러나 독재기간 그의 가족이 저지른 부패, 이권개입에 대한 국민의 분노가 날로 높아져 사태는 걷잡을 수 없을 지경에 이르렀다. 마침내 2개월 뒤인 5월 21일, 그는 대통령직 사퇴를 발표하였다.

부통령이던 하비비(B.J.Habibie)는 대통령이 되자, 무너진 경제를 일으키고 땅에 떨어진 국제사회의 신용을 얻기 위해 개혁을 추진하게 된다. 그리고 무엇보다 이 개혁안에는 인권문제도 포함되었다. 그는 취임하자 동티모르에 자치권(군사, 외교, 재정은 제외하고)을 주겠다고 제안하였고 그 다음해인 1999년 1월, 하비비 정부는 동티모르의 독립을 용인하겠다는 발표를 하였다. 물론 그 배경에는 당시 인도네시아가 맞이한 경제위기를 탈피하겠다는 의도도 깔려 있었다. 즉, 미국과 유럽의 지원 없이는 무너진 경제의 회복이 사실상 불가능하다는 것을 알고 있는 하비비 정권은 국제여론을 의식해서 동티모르에 독립을 허용하는 것까지 생각한 것이다.

이에 따라 동티모르의 과거 종주국이던 포르투갈과 인도네시아 사이에 동티모르의 독립을 위한 주민투표 계획이 1999년 3월 12일 합의되었다.

이 발표가 나오자 동티모르에서는 인도네시아군과 친인도네시아 측 민병대가 독립을 원하는 주민에게 협박, 폭력, 방화, 발포, 부녀자강간 등을 자행하였다.

친인도네시아 민병대는 1970년대부터 인도네시아와 통합을 목적으로 프레틸린의 게릴라 부대인 팔린틸에 대항하기 위해 결성되었다고 하나, 강경 조직들은 1999년 2월을 전후하여 본격적으로 결성되기 시작하였다. 이 민병대의 잔학 행위가 극도에 달하자 포르투갈과 동티모르 주민들 사이에는 UN 평화유지군의 파견을 요청하는 목소리가 높아졌다. 주민투표가 그 해 8월로 결정되었음에도 인도네시아 측 민병대의 폭력은 여전하였고, 이를 팔린틸의 소행이라고 뒤집어씌우곤 하였다. 그들은 동티모르 주민들뿐만 아니라 UN 직원들에게까지 폭력을 사용하였다. 7월 4일, UN 직원들이 타고 있던 차량이 기습당해 여러 명이 행방불명되고 부상자가 생기자 UN은 치안유지를 위해 UN 군의 파병을 검토하게 된다.

민병대는 인도네시아군의 공공연한 지원 아래 무장수준이 상당하였다. 처음에는 지방에서부터 독립을 원하는 주민들을 슬슬 살해하다가 점차 딜리 근처까지 진출하여 99년 8월의 주민투표 이후부터는 1만 5천여 명의 민병대가 아예 노골적으로 시내에서 난동을 부리기 시작하였다.

이러한 인도네시아 측의 선거방해가 있었지만, 독립을 묻는 주민투표는 8월 30일 시행되었다. 인도네시아군과 민병대의 폭력과 위협 속에서도 유권자 등록은 45만 명을 넘었고 투표율은 98.6%라는 경이적인 기록을 세웠다. 물론 투표소 업무를 돕던 동티모르 주민과 UN 직원들 가운데 적지 않은 사람이 폭력을 당했고 위협을 받았다. 우리나라에서 투표를 돕기 위해 간 손봉숙 씨도 그 자리에 있었다. 9월 4일 발표된 투표결과는 78.5%의 주민이 독립을 원하는 것으로 나타났다.

투표가 끝났으므로 투표감시에 자원봉사자로 왔던 외국인들이 출국준비를 하고 있었다. 그러나 투표기간 동안 비교적 조용하던 민병대의 폭력이 다시 시작되었다. 이번에는 외국인에게도 발포를 하였다. 남아 있던 UN과 NGO 직원들은 잡혀서 추방되기도 했고, 또 일부는 상부의 지시에 따라, 또는 눈치껏 전세기를 타고 철수했다.

이에 많은 동티모르인들이 국제사회에 커다란 배신감을 느꼈고 일부 UN 직원들은 끝까지 동티모르에 남기로 결심했으나, 딜리 부두 UN 창고의 물품이 민병대에게 털려 자신들의 밥줄까지 끊겨 버리자 UN 본부에서는 모든 UN 직원의 철수를 명령했다. 일이 이렇게 되자 하는 수 없이 남아 있던 UN을 비롯한 외국인들은 급히 동티모르에서 철수하여 인근의 다른 나라로 피신하게 되었다.

이렇게 외국인이 떠나고 난 뒤, 인도네시아군은 9월 8일, 계엄령을 발표하였다. 물론 치안회복을 표면적인 이유로 내걸었지만, 실제는 UN 평화유지군의 파견을 방해하기 위한 시간을 벌기 위해서였다고 많은 사람들이 생각하고 있다. 이 기간 동안 민병대와 인도네시아군은 마을 곳곳을 돌아다니며 주민들을 협박하여 트럭 또는 배에 태워 서티모르(인도네시아령)로 보냈고, 도시를 파괴하고 주민을 학살하였다. 이 무렵 강제로 서티모르로 옮겨진 동티모르인들이 10만여 명으로 추산되고, 딜리 시내의 건물 가운데 80%가 파괴되는가 하면 동티모르 인구의 절반이 학살을 피해 산속으로 피난을 가기도 하였다.

그러나 국제사회의 관심이 동티모르에 집중되자 9월 12일, 하비비 대통령은 UN 회원국의 병력투입에 협력할 것을 표명하였다. 이에 9월 15일 UN 안정보장이사회의 결정에 따라 동티모르의 치안을 최단시간 안에 확보하기 위해, 5일 뒤인 9월 20일 호주를 주축으로 한 다국적군(INTERFET) 제1진이 호주 다윈의 위넬리(Winnelie) 비행장에서 C130 수송기를 타고 딜리의 코모로(Comoro) 공항에 도착하여 치안을 회복하는 임무에 투입되었다.

그 뒤 다국적군을 태운 호주 공군의 C130 수송기가 비행장에 계속 내리고 있는 동안 비행장 다른 한쪽에서는 단계적으로 철수하는 인도네시아군을 태운 인도네시아 공군의 C130 수송기가 활주로를 달려 이륙하고 있었다. 그 뒤 연이어 여러 나라에서 병력이 파견되었고, 우리나라도 인권보호 측면에서 상록수부대 제1진을 1999년 10월에 파견한 것을 시작으로 여기에 참여하고 있다.

처음에는 다국적군의 일원인 호주, 뉴질랜드군과 인도네시아 민병대 사이에 소규모의 충돌이 있어 양측에 사상자가 발생하였으나 곧 사태는 진정되었다. 다국적군은 한 달 후인 10월 20일에는 오쿠시 지역에도 진입함으로써 실질적으로 인도네시아는 동티모르에서 완전히 손을 떼게 되었다.

참고로 1999년 12월 당시, 동티모르에 파견된 다국적군은 16개국에서 온 9,941명으로서, 이 가운데 호주군은 5,570명으로, 가장 많았다. 국가별로 막대한 예산이 들어가는 다국적군 체제를 장기간 유지하기가 곤란하게 되자, 이는 이듬해인 2000년 2월부터 UN에서 경비를 제공하는 평화유지군(PKF: Peace Keeping Force) 체제로 전환되었다. 이러한 체제전환이 이루어지자 작전권은 다국적군 사령관이었던 호주군 피터 코스그로브(Peter Cosgrove) 소장으로부터 평화유지군 사령관인 필리핀군 산토스(Santos) 중장에게로 넘어 갔다.

4. 로스팔로스

국내 기업들의 지원을 받아 가져간 옷, 치
약, 칫솔, 비누 등의 생필품들을 나누어주
는 구호품 전달활동을 하는 날은 마치 동
네 잔칫날 같아 주민들의 얼굴에는 생기가
돌고 행복이 가득 넘친다.

 # 로스팔로스 주둔지

　우리가 탄 비행기는 2001년 10월 30일 아침, 동티모르의 동부 고원지대에 있는 바우카우 공항에 도착했다. 우리는 모두 내린 뒤 비행장에서 잠시 대기하였다. 이윽고 세계에서 제일 크다는 소련제 MI-26 헬기가 병력들을 나누어 태우고 어디론가 바쁘게 날아갔고, 나는 한 시간을 대기한 뒤에 헬기에 탔다. 20분 동안 헬기를 타고 간 곳은 주둔지에서 차로 약 15분 거리에 있는 라우템(Lautem) 지역의 푸일로로(Fuiloro) 평원이었다.

　왜 헬기가 주둔지 가까이에 내리지 않을까 궁금했는데, 알고 보니 MI-26 헬기의 프로펠러 바람이 너무 세서 근처 집들의 지붕이 날아가기 때문에 부대에서 제일 근접한 평원에 내린 것이었다.

△ 푸일로로 평원의 MI-26 앞에서

어릴 때부터 아버지를 따라 남태평양의 여러 나라들을 여행하였
던 나는 주둔지로 향하는 차량 안에서 그곳을 다른 태평양 섬나라들
과 견주어 보았다. 솔로몬군도, 피지, 바누아투, 파푸아뉴기니 등의
태평양 섬나라들과 기후, 주민들의 피부색과 생김새, 주거환경 등은
별 차이가 없었다. 확실히 인상적인 것은 집이나 건물들이 하나같이
파괴되어 있다는 것이었다. 나중에 부대 이동을 하여 오쿠시로 갔을
때에도 자연 환경과 기후는 로스팔로스와 뚜렷한 차이를 보였지만
건물이 파괴된 흔적은 매우 흡사해서 놀랐다.

부대로 향하는 길에서 지나치는 현지인들은 하나같이 우리를 향
해 "꼬레아 빠구스!"(인도네시아어로 '한국 좋다!'는 의미)를 외쳤
다. 그곳에 도착하기 전 한국군을 보는 현지인들 모두가 환영인사를
외치며 반긴다는 말을 들었을 때 좀 과장된 말일 것이라 여겼는데,
생각과 달랐다. 주민들의 환영을 받으며 달리는 길가에 계속 파괴된
집과 건물들이 이어지는가 싶더니 어느 순간부터 상록수부대 연병
장이 보였다. 잠시 생각에 잠긴 동안 어느새 상록수부대로 접어들었
고, 위병소에서 근무를 서던 장병들의 힘찬 경례소리가 들렸다.

달리는 차량 안에서는 못 느꼈는데 차에서 내리자마자 땅에서 올
라오는 후끈한 열기를 느낄 수 있었다. 제1제대로 먼저 도착한 병사
들의 안내로 우리는 앞으로 생활할 막사로 들어섰다. 막사에 들어서
자마자 한숨부터 나왔다. 목조구조에 검은 군용텐트를 지붕으로 한
막사 안에는 4진 병사들이 버리고 간 물품이며 먹다 남은 UN 부식,
야전침대, 그 위에 깔려 있는 합판 등이 어지럽게 널려 있었다. 관물
대로 쓸만한 가구(?)는 먼저 1제대로 도착한 병사들이 찜해 놓아서,
나는 그때부터 로스팔로스를 떠나는 날까지 합판 쪼가리로 만든 어
설픈 벤치를 서랍장으로, 종이 박스를 서랍으로 삼아 사용하였다.

62

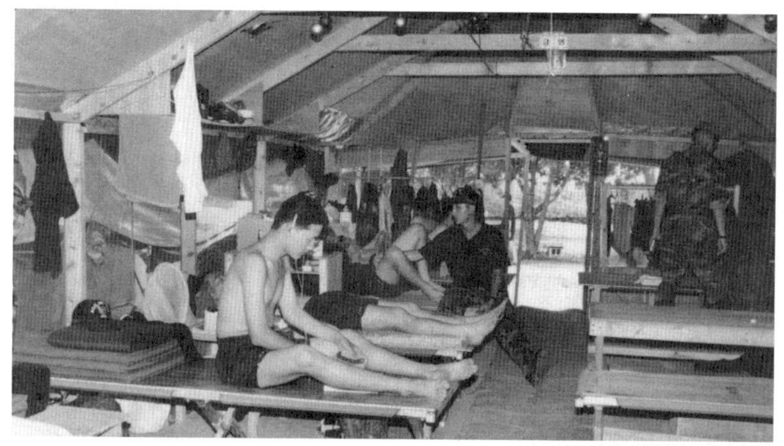

△ 야전 막사 안의 모습

맥이 탁 빠져 버렸다. 열악 그 자체였다. 막사 밖에는 현지 고용 인으로 보이는 몇 사람이 4진 병사들이 버린 쓰레기를 열심히 뒤지고 있었다. 우리가 자리를 정리하다가 필요 없는 물건이 나와 밖으로 던지면 그들은 기쁨을 감추지 못했다. 첫날부터 '내가 여기 왜 왔나' 싶었고 '어떻게 6개월이란 긴 세월을 버틸까' 하는 생각이 들었다. 주위에 동료 병사들도 나와 같은 생각이었을 것이다. 그러나 우리는 뒤에 오쿠시로 이동해서 이보다 더욱 열악한 상황에 놓이게 된다는 사실을 전혀 알지 못하고 있었다.

UN의 독일 아가씨

　다음날이 되자 전날의 쇼크에서 조금 벗어난 나는 공보과에서 업무를 시작했다. 공보과에 들어서니 현지 직원이 있었다. 현지어 통역을 담당한다고 했으며 나와는 영어로 의사소통을 하였다. 인사를 나누고 조금 있으니 공보과장님이 나를 찾아, 촬영장비를 챙겨 앞에 보이는 차량에서 대기하고 있으라고 하셨다.

　그런데 장비를 챙겨 차량에서 기다리고 있으려니 뒤에 주차된 흰색 UN 차에 어떤 금발 미녀가 타는 것이었다. 정신이 번쩍 들었다. 이어서 공보과장님이 내가 탄 차의 앞자리에 타시고 민사과장님이 운전석에 앉으셨다. 우리 차가 출발하고 그 뒤를 금발 여자가 따랐다. 순간, 전날의 절망이 희망으로 바뀌고 주체할 수 없는 에너지가 솟구쳤다.

　민사과장님이 우리 일행을 데리고 간 곳은 로스팔로스 상록수부대 주둔지 바로 옆의 호메(Home) 마을이란 곳이었다. 그곳에서는 상록수부대 4진 때부터 시작한 민사 활동의 하나로 우리나라의 새마을 운동의 성공사례를 본보기로 한 마을 개발사업을 진행하고 있었다. 우리 일행은 마을주민 주거지를 다니며 우리 부대원들이 마을 곳곳에 우물을 설치하고, 밭을 일구어 급수차로 물을 공급하는 모습, 옥수수, 상추 등의 농작물 재배를 돕는 모습을 직접 보고, 부대 활동에 대한 설명을 들었다.

　그때 나는 왜 그 여자가 그런 것들을 보러 왔는지 몰랐다. 영어 발음을 들으니 영어권 나라에서 온 것 같지 않고 스칸디나비아 쪽에서 온 것 같았다. 민사과장님한테 물어보니 독일인이라고 했다. 그녀는 UN 공보과에서 일했는데 우리 부대활동을 홍보하고자 호메 마을을 순시한 것이었다.

그녀한테 말 좀 걸어보려 해도 장교들 앞에서 실례가 될 것 같아 잠자코 있었다. 기념사진을 찍을 때 그녀는 가지고 있던 디지털 카메라로도 촬영해 달라고 내게 부탁했다. 나중에 부대로 돌아와 헤어질 무렵 산만한 분위기를 틈타서 그녀한테 기껏 한 말이 "Excuse me, Miss, I'm not sure whether I got those shots right with your camera"(아가씨 실례지만 제가 당신 카메라로 제대로 촬영했는지 확실치 않네요)였다.

그녀의 대답, "Yes, you've got them right"(제대로 찍었어요).

이것이 나와 그녀의 첫 대화였다. 간부들이 이야기하는 것을 들어 알아낸 그녀의 이름은 '안젤리카' 였다.

그녀는 UN 공보과 라우템 지역 담당으로 일했고, 나는 상록수부대 공보과에서 일했기 때문에 나와 그녀의 만남은 잦아졌다. 그녀가 우리 공보과에 볼일이 있어서 오면 통역할 사람이 나밖에 없어 이야기할 기회가 생기곤 했다. 그러다가 블루엔젤(Blue Angel) 작전과 같은 영외 활동 촬영에서 개인적인 이야기를 하는 자리를 가졌다. 우리는 차츰 친해지기 시작했고, 나는 기무반장한테 가벼운 주의를 받기에 이르렀다.

군인으로서 꿈에도 예상 못 했던 출국을 하고 또 금발 미녀와 사귀게 될 줄이야. 하지만 전투복에 달린 태극기와 병사라는 신분이 내 청춘의 연애사업에 많은 제약을 주었다. 하긴 그녀가 나보다 4살 연상이라 망설여지기도 했지만 말이다.

 # 열대의 태양 아래

　상록수부대가 UN으로부터 받은 주요 임무는 지역 치안유지이다. 그러나 동티모르의 동부 고원지역에 있는 로스팔로스 마을에 파병된 상록수부대는 그 밖에도 다양한 대민활동을 펼쳐 UN 평화유지군의 모범이 되었고, 주민들로부터 호평을 들었다. 이 가운데 대표적인 민사활동은 블루엔젤(Blue Angel) 작전, 태권도 교육, 교회 건축, 성당 공소 건축, 호메 마을 사업, 1달라(미화) 장학회 등이다.

　블루엔젤 작전이란, 상록수 2진 때까지는 지원이 필요할 때만 했던 분야별 봉사활동을 3진 때부터 통합하여 정기적으로 실시하면서 정식으로 붙인 이름이다. 이 작전은 지역 곳곳을 마을 단위로 순회

△ 아쌀라이노 마을 초등학교에서 블루엔젤 작전을 시작하자 모여든 동네 꼬마들

하거나, 때로는 흙먼지를 마시며 정글을 지나는 오지에 가서 주민들을 위한 봉사활동을 펼치는 것으로, 주요활동은 의료 지원, 영화 상영, 이발 지원, 농기구 정비, 구호품 전달 등이다.

이러한 활동은 일의 편의를 위해 보통 학교와 같은 건물에서 하게 된다. 전기공급이 되지 않는 지역이 대부분이므로 부대에서 발전기 한 대를 트럭에 싣고 가는데, 잠시 후 발전기에 시동이 걸리고 기계 돌아가는 요란한 소리와 함께 블루엔젤 작전이 시작된다.

특히 의료 시설이 턱없이 부족한 주민들에게 상록수 의료 지원팀은 천사와 같은 존재였다. 교실 안이나 적당한 나무 그늘에 자리잡은 의료 지원팀은 분주히 의료 장비와 약이 든 상자를 차량에서 꺼내어 환자 진찰 준비를 한다. 진찰을 기다리는 주민들은 다소 초조한 눈빛으로 자신의 차례를 기다린다.

영화 상영은 보통 빔 프로젝터를 이용해 교실과 같은 밀실에서

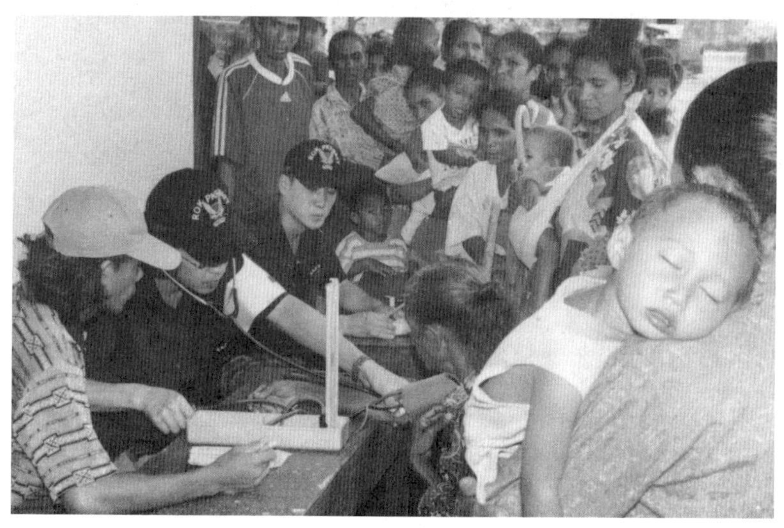

△ 블루엔젤 작전 의료지원

실시하는데, 적당한 밀실이 없을 때는 야외에서 TV를 이용해 실시한다. 영화 한두 편을 보기 위해 마을 주민들이 다 모인다.

야외에서 상영할 때는 모르나 교실 같은 밀실에서 영화를 상영하면 창문을 군용 우비나 검은 천으로 막아야 하기 때문에 담당 병사들이 꽤나 고생을 한다. 빔 프로젝트 화면 설치하랴, 꽉 막힌 더운 방에서 현지인들 특유의 암내와 땀내 맡으랴, 마치 훈련소 시절의 화생방 훈련을 연상시켰다. 나도 촬영을 하면서 몇 번 그런 경험을 했기 때문에 그들의 노고를 뼈저리게 느낄 수 있었다.

이발지원은 말 그대로 주민들의 머리를 깎아주는 활동인데, 보통 2~3명의 부대원들이 하루에 많으면 한 사람마다 60~80명의 머리를 손질해 준다. 주민들 위생상태가 말이 아니므로 이 또한 대단한 노고이다. 주민들 거의가 머리에 이를 품고 있기 때문에 어머니들이

△ 마을 어린이들의 머리를 깎아주는 상록수부대원들

어린 자식을 앉혀 놓고, 또는 어린아이들이 원숭이처럼 줄지어 앉아 서로 이를 잡아준다. 이러한 광경은 다른 태평양 섬나라에서도 흔히 볼 수 있다. 이 모습을 촬영하려고 자세를 잡으면 어린아이라도 이 잡기를 그친다. 말은 안 해도 창피한가 보다.

위생상태 이야기가 나와서 말인데, 잠깐 다른 이야기를 하고자 한다. 동티모르 수도인 딜리를 제외한 거의 모든 지역에서는 가축들이 제멋대로 돌아다니는데, 그 종류는 주로 물소·소·말·개·돼지·닭 등이다. 그런 가축들 때문에 눈에 띄는 것이 물소·소·말과 같은 큰 동물들의 배설물이다.

수도를 제외한 곳의 현지인들은 거의 맨발로 다니는데, 배설물을 밟는 것은 당연하거니와 어린아이들은 심지어 그것을 집어다가 자기 친구들한테 던지고 논다. 나는 그런 모습을 보고 현지 아이들과 악수는 되도록 피하게 되었다.

차를 타고 지나갈 때 현지아이들이 보통 악수를 하려고 하거나 손뼉을 치자고 손을 올리는데, 나의 경우 그전에 먼저 반갑게 적당히 손을 흔들어 인사하고 손을 내렸다. 대부분 그러면 인사가 되는데 짓궂은 녀석들은 내 팔을 잡아 끝까지 인사를 적극적으로 마무리한다.

농기구 정비는 전기 그라인더로 현지인들의 정글 칼이나 도끼 같은 농기구의 날을 갈아주는 것을 말한다. 한 지역에 블루엔젤 작전을 나가면 그곳에서 하루종일 있으니 주민들은 농기구들을 쭉 늘어놓고 느긋이 기다린다. 그런데 한번은 한 노인이 자기 것을 먼저 다듬고 빨리 가서 영화를 보려고 새치기하여 그 지역 아주머니나 할머니들한테 호되게 욕먹는 모습도 보았다. 또 한번은, 알고 그랬는지 모르고 그랬는지 모르나, 한 할아버지가 두툼한 도끼날을 가져와 그

것을 갈아서 칼로 만들어 달라고 하여 매우 황당했던 적도 있다.

국내 기업들의 지원을 받아 가져간 옷, 치약, 칫솔, 비누 등의 생필품들을 나누어주는 구호품 전달활동을 하는 날은 마치 동네 잔칫날 같아 주민들의 얼굴에는 생기가 돌고 행복이 가득 넘친다.

태권도 교육은 상록수 태권도 교관들이 상주 막사에서 실시하는데, 주민들의 높은 관심과 호응으로 참여 인원이 날로 늘어만 갔다.

주민들의 신앙 생활에 도움을 주고자 부대는 담당 지역 안의 레우로(Leuro) 지역과 세뻬라따(Sepalate) 지역에 각각 교회와 성당 공소 건물을 지어 주었다. 상록수 공병들이 이 공사를 위하여 땀 흘리던 모습이 아직도 눈에 선하다.

이 공병들의 모습은 안젤리카가 보기에도 안쓰러웠던 것 같다. 공사현장에서 그녀를 만날 때면, 나보고 "카메라 들고 사진 찍는 일이 아침부터 고생하는 공병들의 일보다 쉽지 않냐?"고 했다. 이 밖에도 공병들은 도로 복구 작업이나 물이나 도랑에 빠진 차량을 구난하는 활동들을 하였다.

앞서 말한 호메 마을 사업은 상록수 4진부터 시작한 활동이다. 새마을 운동의 성공 사례를 본보기로 부대 옆 호메 마을 주민들의 '자립정신'을 높이기 위해 마을에 우물을 설치하고, 밭에서 농작물을 재배할 수 있도록 지원하였으며 마을 초등학교에 국내에서 지원받은 칠판을 설치하는 등의 일을 해 주었다. 또한 매주 토요일을 '환경의 날'로 정해 부대원들이 호메마을 거리로 나가 쓰레기를 치워 주기도 하였다.

라우템 지역 상주작전 중대에서 부대원들이 약간의 돈을 각출해 지역 학생들을 지원한 일도 있었다. 어느 날 블루엔젤 작전을 하고 있는데 현지교사 2명이 활동순시를 하고 있던 단장님을 찾아 부대

◁ 농기구를 정비 받기 위해 차례를 기다리는 마을 주민들

▷ 세뻬라따 교회 건축 현장

◁ 차량 구난

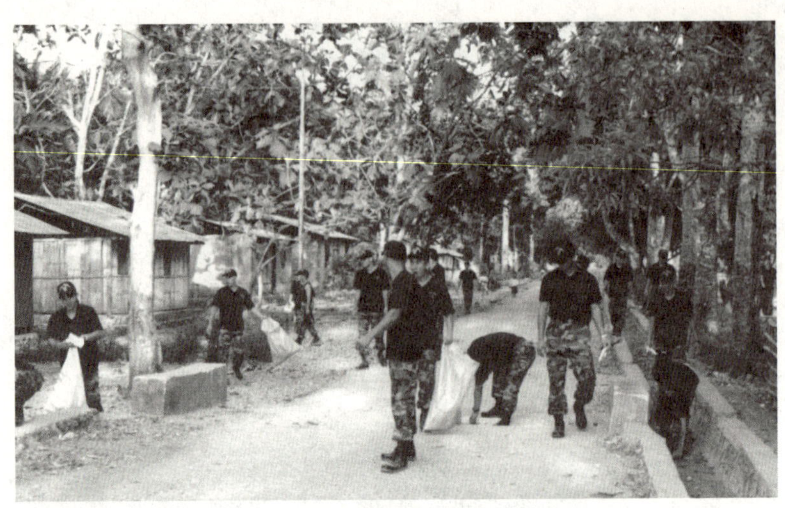

△ 호메마을 거리에서 쓰레기를 치우고 있는 부대원들

가 오쿠시로 이동한 뒤에도 학생들을 위한 이 지원이 계속될 수 있도록 부탁을 해왔다. 이에 부대는 '꼬레아 1달러 장학회'를 만들어 모금운동을 본격적으로 전개하였다.

　장병들의 많은 참여와 국민들의 따뜻한 성원으로 만들어진 이 장학회가 동티모르의 미래를 짊어질 현지 학생들에게 도움이 되길 바란다.

주둔지 영화 상영

상록수부대는 지난 2진 때부터 블루엔젤 작전의 영화 상영 외에 로스팔로스 주둔지 연병장에서도 매주 금요일에 영화를 상영하였다.

영화 상영 전에는 한국 영상 홍보물이나 한국 가요프로를 틀어 주민들의 마음를 사로잡는다. 주민들은 약 1,500명에서 2,000명 가량 모이는데, 입장이 시작되는 시간까지 위병소 밖에서 기다린다. 보통 저녁 6시 반쯤 입장이 시작되는데, 들어올 때는 부대원들로부터 한국 군용건빵을 받는다. 남녀노소 할 것 없이 그들은 히히덕 거리며 연병장에 설치된 프로젝터 화면 앞으로 하나 둘씩 모인다. 마치 잔치라도 벌이는 듯 시끌벅적한 분위기로 모여 앉아 있는 그들을 보고 있노라면 측은한 생각이 들기도 했다. 얼마나 놀이시설이 없으면 이렇게 좋아할까 하는 생각에서 말이다.

주민들은 성룡이 주연한 영화를 선호하는데, 성룡의 과장된 몸짓과 코믹한 연기는 대사를 못 알아들어도 상관없이 즐길 수 있기 때문이 아닌가 싶다. 내가 봐온 가운데 주민들이 가장 반응을 많이 보인 장면은 〈엑시덴탈 스파이〉에서 성룡이 옷을 벗고 도망가는 장면이었다. 웃음, 갈채와 휘파람 소리가 끊이질 않았다.

경제적인 문제조차 해결되지 않는 단순한 사회에서만 살아온 사람들이어서인지, 예술영화, SF 또는 법률 등을 소재로 다루는 복잡한 문명사회의 영화보다는 누구나 알기 쉬운 슬랩스틱 코메디영화를 선호하는 것은 당연한 일 같다.

한번은 〈스타워즈〉를 보여 줬는데, 주민들은 등장하는 우주선과

△ 주둔지 영화 상영

외계인들을 보고 "깡통 날아다닌다", "가짜 사람 나온다"고 하면서
자리를 뜨더란다. 일부는 불만의 표시로 돌멩이까지 집어던졌다고
한다.

눅눅한 군복

　동티모르에 온 지도 꽤 지나, 그곳의 상황을 대강 파악하고 생활에 적응해 가기 시작했다. 시간이 가도 힘들고 적응하기 어려웠던 점은 더위가 아니었나 싶다.

　모두들 알다시피 군복은 여름에도 긴팔에 긴 바지이다. 동티모르의 상록수부대원들이 입는 전투복이 아무리 일반 전투복보다 얇게 제작되었다 해도 더운 것은 어쩔 수 없었다. 로스팔로스는 해발 500m 고원지대에 있어 그늘에 있으면 시원한 편이었으나 상록수 5진이 주둔할 당시에는 우기철이어서 습하기까지 하였다. 우기는 11월부터 4월, 건기는 5월부터 10월로, 계절의 차이가 뚜렷하다.

　상록수부대의 기상 시간은 국내와 같은 아침 6시다. 기상 나팔소리가 울리면 병사들은 모기장을 걷고 꾸물거리며 일어난다. 그리고 합판이 깔린 야전용 침대 위에 매트리스, 포단과 모포를 접어놓고 군복을 입는다. 군복은 항상 눅눅한 상태였다. 우기였기 때문에 날씨를 예측하기 힘들어 피하지 못한 폭우 때문이기도 하지만 군복이 땀에 절었기 때문이다. 그래서 병사들의 전투복에는 허연 소금기가 서려 있었다. 사진병으로 야외 활동이 많았던 내 군복은 다른 전우들의 것보다 더하면 더했지 덜하지 않았다. 전투복을 빨아 하루만 입어도 허옇게 소금기가 어리지만 매일 전투복을 빨 수도 없는 노릇이었다.

　소금기는 그렇다고 쳐도 빗물과 땀이 범벅되어 생기는 악취는 어떠한가? 안젤리카라도 만나는 날이면 그게 최우선 수습과제였는데,

△ 공보과 전우들과 함께(시원하게 짧은 체육복을 입고 있다.)

그때마다 상록수부대 특별 보급품의 하나인 스킨·로션을 전투복 상의에다 아낌없이 퍼부었다.

주둔지 안에서는 오후에 보통 짧은 체육복으로 갈아입는데, 사진병은 야외촬영이 오후에 있을 때 반드시 전투복을 입어야 했다. 처음이 힘들다고, 일단 입고 포기하면 더운 것도 어느새 잊게 되는데, 그러다보면 수습 불가능한 신체적 변화를 초래하기도 한다. 몸 이곳 저곳에 땀띠가 생기게 되는 것이다.

 # 아가씨가 귀한 로스팔로스

　일요일에는 부대의 기독교, 천주교, 불교 신자들이 각자의 종교 활동을 한다. 나는 기독교인이라 예배에 참가했는데, 한 달에 한 주는 현지 목사님을 부대로 초청하여 예배를 드리고, 한 주는 부대 기독교 장병 모두 로스팔로스 시내에 위치한 현지 교회를 방문해 예배를 드리고 온다. 그리고 나머지 주엔 그냥 부대 기독교 신자들끼리 모여 자체적으로 예배를 드린다.

　현지 목사님을 초청해 예배를 드리는 날은 예배 뒤 광고를 듣는데, 목사님이 곧 결혼을 하신다고 했다. 결혼비용으로 신부집에 소

△ 땔감을 레우에 지고 가는 할머니

23마리를 줘야 하는데, 금전적인 어려움으로 도움을 청하였다. 소 23마리는 그나마 디스카운트된 거란다. 이러한 신랑측의 결혼비용은 집안 경제사정에 따라 물소나 소 한 마리에서 77마리까지 다양하다고 한다. 과거에는 주로 중매를 통한 결혼을 많이 했으나 서서히 연애결혼이 늘어나는 추세라고 했다. 그들 말로는 결혼 적령기가 남자는 28세, 여자는 25세라고 하지만, 사실 십대 중반 여자들이 애를 낳아 기르는 것을 많이 볼 수 있다. 마치 동네에 여자라고는 아가씨들은 없고 꼬마들과 아줌마만 있는 듯 했다. 내 추측인데 그들도 우리나라가 일제 식민지 때 그랬던 것처럼 여자들을 인도네시아 사람들한테 빼앗기지 않으려고 잠시 딸들을 일찍 시집보내었는지도 모르겠다.

결혼 뒤에는 거의 모든 집안이 여인네들 몫이 된다. 동티모르 남자들은 게을러 여자들이 무거운 땔감까지 구해 오는 실정이다. 한국여성들이 핸드백을 가지고 다니듯 로스팔로스 여성들은 이마에 걸치고 다니는 헤드백(?)을 가지고 다닌다. 그들이 '레우'라고 부르는 이 주머니(광주리)는 크기도 다양하다. 운명이려니 하고 열대의 뜨거운 태양 아래서 묵묵히 일하는 그 여인네들을 보면 측은한 생각이 든다.

5. 딜리

딜리로 가는 길은 구멍난 포장길과 흙먼지
를 일으키는 비포장길의 연속이었다. 차가
제 속력을 못 내니 차 안은 도로에서 올라
오는 열기로 푹푹 쪘다. 그러나 해안도로
를 끼고 달릴 때는 남태평양의 매력을 한
껏 느낄 수 있는 장관이 펼쳐지기도 했다.

# 딜리로 가는 길

2001년 11월 13일, 상록수부대의 활동을 국제적으로 홍보하기 위한 여행이 시작되었다. 공보과는 동티모르의 수도 딜리에 있는 UN과 국제적인 언론매체를 방문해서 부대활동을 홍보하기 위해 이러한 출장을 계획하였다. 실제로 동티모르 언론매체들은 한국군의 모범적인 임무수행을 호평하고 있었지만, 현지언론매체 기관의 분위기도 파악하고 우리 공보과의 앞으로의 계획을 세우기 위해 겸사겸사 출장을 가게 된 것이다.

로스팔로스에서 딜리까지의 거리는 약 200km 정도밖에 되지 않았으나, 비포장도로가 많고 길이 꼬불꼬불하여 차를 타고 약 5시간 걸렸다.

오전 7시 50분, 상록수부대의 주요 차종인 군용 지프차 '레토나'가 공보과장님, 공보장교님, 운전병, 그리고 사진병 겸 통역병인 나를 태우고 출발했다. 그리고 딜리로 가는 길에 태국군 주둔지에 파견된 한국연락단, 매티네로(Mettinaro) 동티모르 방위군 사령부에 파견된 상록수 태권도 교관들을 태우고 딜리 연락반에 전해줄 물품을 실은 뒤, 우리는 딜리를 향해 떠났다.

이번에도 역시 남태평양 다른 나라들에서 흔히 볼 수 있는 여기저기 구멍이 패인 도로 위를 달렸다. 거기다가 도로 중앙으로 웬 개, 돼지, 닭, 물소는 그렇게 많이 등장하던지. 동물들은 보통 도로에 느긋이 엎드려 있으며 차량이 와도 비킬 생각을 하지 않는데, 웃기는 것은 간혹 동물들이 도망간다고 뛰면 계속 길 따라 앞으로만 뛰는 것이다. 아마 동티모르 사태 당시 주민들과 같이 길에서 도주할 때 받은 충격이 큰 영향을 미치지 않았나 싶다.

길은 구멍난 포장길과 흙먼지를 일으키는 비포장길의 연속이었다. 차가 제 속력을 못 내니 차 안은 도로에서 올라오는 열기로 푹푹 쪘다. 그러나 해안도로를 끼고 달릴 때는 태평양의 매력을 한껏 느낄 수 있는 장관이 펼쳐지기도 했다. 가끔 내려 사진촬영도 하면서 약 4시간 정도 달렸더니 이윽고 매티네로 동티모르 방위군 사령부가 나왔다.

그곳은 우리나라 육군사관학교처럼 동티모르 방위군을 길러내는 곳이기도 해서, 상록수 교관들이 태권도 교육차 파견을 나가 있었다. 점심 식사 때가 되어 우리는 그 교관들과 같이 식사를 했는데, 식사는 뷔페식으로 무제한 먹을 수 있었다. 스테이크, 냉동 감자튀김, 샐러드, 과일주스, 아이스크림 등 모든 식품은 호주에서 들어온 것이었다. 호주는 동티모르에 주둔하는 각국 UN 평화유지군의 부식을 공급했다. 상록수부대도 예외는 아니었다. 동티모르 때문에 호주가 이래저래 돈을 많이 번다는 생각이 들었다.

식사를 하는 동안 주위에 여러 나라 군인들이 보였다. 한국군과 같이 그들 나름대로 동티모르 주민에게 도움을 준다는 명목으로 그곳에 파견되어 생활하는 군인들이었다.

식사를 마치고 다시 딜리를 향해 달렸다. 약 40분을 달려 가파른 언덕을 오르다 보니, 해안선 끝으로 책에서만 보았던 예수상이 보였다. 그 언덕에서 평지로 내려오니 비로소 딜리가 보였다.

한때는 아름다움을 자랑했을 법한 이 도시에도 파괴의 흔적이 여기저기 남아 있었다. 그런데 수도인 만큼 주민들 콧대가 좀 높은 듯했다. 라우템 지역에서는 차를 타고 달리면 주민들이 모두 상록수부

◁ 차도를 막고 느긋이 지나가는 물소들

▷ 동티모르 방위군 사령부 모습

◁ 크로커다일 엘리 식당에서 아침식사를 하는 여러 나라 군인들

대원들을 향해 손을 흔들며 환영하곤 했는데, 딜리에서는 좀 푸대접(?)을 받는 듯한 느낌이었다. 간혹 "꼬레아 빠구스!"를 외치며 환영하는 주민들도 있었으나 그 수가 라우템 지역과 비교했을 때는 아주 적었다. 손을 먼저 흔들어도 요즘 우리말로 '쌩까는' 사람들이 많았다.

도로에는 제대로 작동되는 신호등이 거의 없었고 번호판 없이 달리는 차들도 많았다. 반면, 로스팔로스에 비해 신형차들이 많았는데, 거의가 일본제였다. 이는 호주군을 비롯한 타국 평화유지군이나 UN 직원들이 일제차량을 사용하기 때문인데, 상록수부대는 순 국산차량을 이용해 가슴이 뿌듯했다.

딜리 시내의 UN 직원 숙소인 '크로커다일 엘리'(Crocodile alley)라는 곳으로 들어가 컨테이너를 개조하여 사용하는 숙소건물에 짐을 풀었다. '크로커다일 엘리'의 컨테이너 숙소들은 일명 '고베 하우스'라고 부르는 것이다. 일본에서 고베지진이 일어났을 때 급히 만들어 사용했던 컨테이너 임시숙소를 복구한 후에 동티모르에 기증한 것이기 때문에 그렇게들 부르는 것이다. UN 평화유지군 사령부 건물은 맞은 편에 위치하고 있었는데, 파병 전 책에서 본 그대로 건물이 타서 파괴된 채 남아 있었다. 그곳에서 나온 식사는 메티네로에서 한 점심식사와 비슷하였다. 여러 나라 군인들이 모였는데, 다들 끼리끼리 먹는 분위기였다. 호주 군인들은 그들의 규율상 개인화기를 식당에서도 휴대했다. 다른 호주 군인들은 소총을 다 메고 있는데 어느 호주 여군이 총이 없는 것 같아 물어보니 허리에 찬 권총을 보여주었다. 식당까지 실탄 장전한 총을 들고 오는 그들을 보니 약간 거부감이 생겼다.

다음 날 나는 공보장교님과 함께 그곳 언론기관들을 돌아다니며 앞으로 우리가 어떻게 부대활동을 홍보할 것인지 그들에게 설명하

△ 불에 타버린 유엔 PKF 사령부 건물

였다. 일은 비교적 순조롭게 진행되어 많은 현지 신문사들과 라디오, TV 방송국 등으로부터 적극적인 협조를 얻어내었다.

홍보활동을 하다가 평화유지군 사령부 공보과에 볼일이 있어 갔는데, 우리가 만나려던 장교가 없어 도로 나왔다. 그러다가 길이 헷갈려 누구에게 물어보려고 귀퉁이를 지나는데, 한 태국군 대위가 컴퓨터로 에로영화를 보고 있었다. 뭐 장교라고 그런 거 못 보란 법은 없지만, 명색이 UN 평화유지군 사령부에서 일하는 장교인데 일과시간에 그런 인체연구 영상물을 시청하다니 보기가 좋지 않았다. 해외에서는 각 개인의 행동이 그 개인이 속한 국가의 이미지를 결정할 수 있다는 생각에 나도 주의해야겠다는 생각이 들었다. 한편으로는 그만큼 동티모르가 안정을 찾아 할 일이 적어진 좋은 징표(?)가 아닌가 하는 생각도 들었다. 그에게 길을 물으니 친절하게 가르쳐 주었다. 그렇지만 계속 연구에 몰두하고 싶어하는 눈치였다.

홍보 관련 일을 끝내고 남은 시간은 딜리 구경을 하기로 했다.

 # 수상 호텔

딜리 동쪽 끝 8km 지점에 있는 언덕에는 1976년 동티모르가 인도네시아의 27번째 주(洲)로 지정된 것을 기념하여 인도네시아 정부가 세운 예수상이 있다. 계단을 따라 올라 천주교 신자들을 위한 예수 고난의 상징 14처를 지나면, 언덕 꼭대기에 지구본 위에 팔을 벌리고 서 있는 27m 높이의 예수상이 우뚝 서 있는 것을 볼 수 있다. 크기는 조금 작았지만 이는 브라질 리오 데 자이네로에 있는 예수상을 연상시키기에 충분했다.

나중에 알게 된 사실이지만 예수상의 높이가 굳이 27m인 것은

△ 예수상으로 올라가는 계단에 앉아

86

동티모르가 인도네시아에 27번째로 합병된 주라는 것을 뜻한다. 인도네시아 정부는 이 예수상이 리오 데 자이네로에 있는 예수상에 이어 두 번째로 크다고 자랑스럽게 선전했다. 그러나 이를 달갑게 여기지 않는 동티모르인들은 이곳을 찾지 않는다고 한다.

파병 전 읽었던 책에서는 동티모르인들이 이 예수상을 인도네시아 정부의 침략 기념물이라 하여 예수상으로 올라가는 계단, 14처의 그림들, 가로등 등을 파괴한 흔적이 남아 있었다고 했으나 내가 갔을 때는 깨끗이 정리되어 있었다.

딜리 항에 정박한 선박 가운데는 선상 호텔이 있다. 내가 방문할 당시에는 두 개의 태국국적의 선상 호텔이 있었는데, 하나는 호화스러운 센트럴 마리타임 호텔(Central Maritime Hotel)이었고, 다른 하나는 UN 동티모르 과도행정부(UNTAET: United Nations Transi-

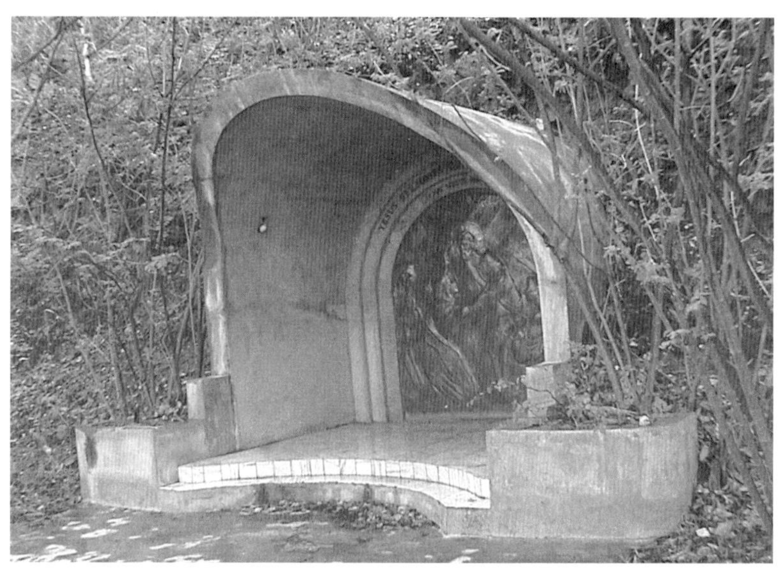

△ 예수상으로 올라가는 계단에 있는 고난 14처 가운데 하나

tional Administration in East Timor)가 최초 직원들의 숙소로 계약했다는 올림피아 선상 호텔이었다.

센트럴 마리타임 호텔에 가 보니 내부가 아주 고급스럽게 꾸며져 있어 그 안에 있으면 호주나 미국 같은 선진국의 고급 호텔 안에 있는 듯한 착각에 빠질 정도였다. 붉은 빛을 띠는 목재로 실내장식을 하고, 백열전구로 은은히 조명을 비추는 그 호텔 식당에서 저녁식사로 뷔페를 먹은 적이 있는데, 식비는 일인당 미화 13달러 정도로 그리 비싼 편은 아니었다. 모처럼 고급스런 분위기를 만끽하며 식사를 할 수 있어 좋아하고 있는데, 어디서 갑자기 호주 여군들이 때묻은 군복을 입은 채로 우루루 들어와 떠드는 바람에 갑자기 분위기가 깨져 버렸다. 예쁜 여군이 있나 봤는데 하나도 없었다. 그녀들은 먹기도 엄청 먹었다. 도저히 용서가 안 되었다.

이건 내 추측인데, UN 평화유지군 사령관이 태국 출신이라 그를 등에 업고 태국에서 그런 배들을 들여온 것이 아닌가 생각된다.

예전에는 어떠했을지 모르지만 올림피아 선상 호텔은 겉보기에도 실망 그 자체였다. 센트럴 마리타임 호텔은 자체 동력으로 이동할 수 있는 배인데, 올림피아 호텔은 예인선이 필요한 배 위에 컨테이너를 쌓아 올려만든 것이었다. 들어가 보니 손님도 없고 썰렁하였다. 물론 시설도 다소 실용적으로 만들어져 고급스러운 맛은 어디에도 찾아 볼 수 없었다.

△ 호화스러운 센트럴 마리타임 호텔

△ 올림피아 선상 호텔(콘테이너가 방이다)

 비극의 현장에서

딜리의 해안도로를 따라가다 보면, 항구 부두 근처에 동티모르에서 가장 오래된 성당인 모타엘(Motael) 성당이 있다. 겉보기에는 평범한 이 성당은 아픈 역사를 지니고 있다. 1991년 11월 12일, 동티모르에 세계인의 이목을 집중시킨 산타쿠르즈 사건이 이곳에서 시작되었기 때문이다.

1991년 11월, 포르투갈 국회의원단의 동티모르 방문이 예정되어 있었는데, 이를 인도네시아의 잔혹한 행위를 국제사회에 고발할 좋은 기회가 될 것으로 생각한 동티모르인들은 그들의 방문을 고대하

△ 모타엘 성당

고 있었다. 그러나 포르투갈 국회의원단의 동티모르 방문을 인도네시아 정부가 중지, 거부하였고, 동티모르인들, 특히 젊은이들은 극도로 분노하여 동티모르 전역에는 긴장감이 돌았다.

그리하여 이 무렵 인도네시아 경찰의 단속은 강화되었다. 그리고 10월 28일 인도네시아 경찰의 급습을 걱정한 동티모르 청년 '세바스찬 고메스'(Sebastian Gomez)가 모타엘 성당에 피신해 있다가 인도네시아 비밀경찰로 여겨지는 사람들에게 사살되는 사건이 일어났다. 그리고 2주 뒤인 11월 12일, 희생자를 애도하기 위해 모타엘 성당에서는 추모식이 거행되었고, 식이 끝나자 참석자들은 산타크루즈 공동묘지까지 행진하기 시작하였다.

성당을 나설 때는 얼마 되지 않던 무리는 도로에 있던 사람들이 합류하여 수천 명으로 늘었다. 묘지에 도착한 이들은 현수막을 설치

△ 산타크루즈 공동묘지

△ 딜리 시내의 파괴된 건물

한 뒤 동티모르의 독립을 부르짖었다. 그런데 이들의 행사가 끝날 무렵, 구멍이 뚫린 벽돌로 만들어진 묘지 울타리 너머로 군용트럭이 한두 대 보이기 시작했다. 이 트럭에서 내린 완전무장한 200여 명의 인도네시아군인들이 군중들을 향해 무차별 발포를 하였다. 순간 묘지는 도망가는 군중들로 아수라장이 되었고, 묘지 여기저기에서 비명소리가 터져 나오고 피비린내가 진동하기 시작했다. 총알은 계속 군중을 향해 끊임없이 날아왔다. 미처 도망가지 못한 300명의 시위자들을 체포한 인도네시아군은 도망간 시위자들을 잡기 위해 딜리 시내의 집들을 하나하나 뒤지기 시작하였다.

동티모르 측에서 추정하여 발표한 이 사건으로 희생된 숫자는 사망 273명, 행방불명 255명, 부상자 376명으로, 희생자의 대부분이 20세 이하의 젊은이들이었고, 사망자들은 신원확인이나 가족에게 통보도 없이 모두 인도네시아군에 의해 매장되었다.

92

이 산타크루즈 학살사건은 당시 동티모르에 있던 여러 외국인들이 목격하였다. 이 외국인들 가운데 80년대에 동티모르에서 발생한 두 건의 대량학살 사건과 포르투갈 의원단의 방문을 보도하기 위해 현지에 와 있던 외국기자들은 인도네시아군의 검색망을 피해 이 내용을 외부세계에 알렸다. 언론들이 이 사건을 비무장 학생들에게 발포한 중국의 '천안문 사태'에 견주어 '제2의 천안문 사태'라고 발표해 충격을 주었고, 외부 세계 사람들은 비로소 동티모르에 관심을 갖게 되었다. 이렇게 이 사건이 서방 언론인들과 인권단체에 의해 전세계인의 이목을 끌게 되자, 인도네시아군은 묘지에 있었던 군중들이 폭도로 변하여 사태수습을 위해 정당방위로 발포했다고 주장하였고, 희생자는 사망 19명, 부상자는 91명이라고 공식적으로 발표하였다.

이 사건은 시간이 지나면서 전세계의 언론과 인권단체에 의해 계속 거론되어 점차 사건의 진상이 드러났다. 미국, 호주, 캐나다, 영국, 독일, 포르투갈 등의 나라들이 인도네시아 정부를 비난하면서 경제·군사 원조, 무기 수출을 중지하겠다고 발표한 데 이어 마침내 1992년 3월에는 인도네시아의 옛 종주국인 네덜란드가 인도네시아에 대한 원조를 중지하겠다고 발표하였다.

1994년 5월에는 필리핀의 수도 마닐라에서 '제1회 동티모르 문제 아시아 태평양 회의'가 열려 아시아 국가들도 동티모르에 동정적인 반응을 보였다. 물론 인도네시아 정부는 이에 강한 거부반응을 표시하였다.

1996년 12월에는 노르웨이의 노벨상 위원회가 동티모르 천주교 지도자 카를로스 벨로(Carlos Belo) 신부와 동티모르 해외 특별대표인 호세 라모스 홀다(Jose Ramos Horta)에게 노벨 평화상을 수여한다. 이 두 사람은 동티모르에 국제적인 관심이 쏠리지 않았던 기간에 그 곳의 불행을 외부에 호소하고 동티모르의 자주권을 주장했다.

내가 그 역사적인 공동묘지를 방문했을 때는 마치 지난 상처를 더 이상 기억하고 싶지 않다는 듯 인적이 드물고 고요했다. 생전에 미소를 머금고 찍은 사진들이 묘비에 걸려 있는 것도 많이 보였고, 시들지 않은 꽃들이 놓여 있었던 것으로 미루어 보아 그들을 애도하는 동티모르인들이 다녀갔음을 알 수 있었다. 2002년 4월 16일 구스마오가 대통령으로 선출된 뒤 처음으로 방문한 곳이기도 한 이 산타쿠르즈 묘지는 이제 길거리에 옷을 늘어놓고 느긋이 손님을 기다리는 상인들, 자전거를 타고 지나가는 아이들만이 지킬 뿐이다. 오늘날 11월 12일은 동티모르의 국가 공휴일(산타크루즈 대학살 추모일)로 지정되어 있다.

한편 산티크루즈 묘지에서 해안으로 가는 길을 따라 내려가다 보면 담벽에 중남미의 공산혁명가인 체게바라(Che Guevara)의 얼굴이 그려져 있는 몇 곳을 보게 된다. 이것은 프레틸린이 초기에 가졌던 사회주의 사상과 관련이 있는 것으로 보여진다.

인도네시아가 동티모르를 24년 동안 통치하면서 동티모르인 25만 명이 죽임을 당했다. 현재 동티모르 인구가 80만 명인 것을 생각하면 전체인구당 사망자 비율로는 20세기에서 가장 큰 비극이 이 조그만 섬에서 일어난 것이다.

 # 딜리의 망치소리

　1999년 주민투표로 독립이 결정된 이후 인도네시아군과 친인도네시아계 민병대들이 폭동을 일으켜 딜리 시내를 완전히 폐허로 만들었다. 이들은 폭탄과 휘발유를 사용해 시내의 80%가 넘는 건물과 집을 철저하게 부수고 불을 질렀다.

　포르투갈이 1524년부터 1975년까지 451년 동안 통치하면서 동티모르 지역에 딜리를 중심으로 21km의 포장도로를 만든 데 비해, 인도네시아는 1975년부터 1999년까지 24년간 통치하면서 300km가 넘는 도로를 만들었다. 물론 이것은 섬의 어디에도 탱크와 군용 트럭이 들어 갈 수 있도록 하는 목적도 있었을 것이다. 그리고 인도네시아 정부는 학교와 병원을 여러 곳에 지어 놓았다. 그러므로 자기들이 침략하여 점령한 지역이지만 나름대로 도로도 건설하고 좋은 건물도 많이 지어 놓았는데 독립을 원한다니 괘씸하다고 생각하여 이렇게 극한 행동을 했는지도 모른다. 요즈음도 시내도로 연변에 있는 집을 자세히 들여다보면 지붕이 부서져 내린 집 속에 보잘것없는 천막을 쳐 놓고 사는 주민들을 쉽게 볼 수 있다.

　그러나 다행히 유엔 평화유지군이 들어오면서 평화가 찾아와 이제 시내를 걸어가다 보면 여기저기서 집을 고치고 새로 짓는 현장이 보이고, 이곳에서 들려오는 망치소리를 들을 수 있다. 동티모르 임시정부는 산에서 함부로 나무를 자르지 못하게 한다. 그러나 주민들은 집을 짓는 데 필요한 재목을 톱과 도끼를 사용하여 산에서 자른 뒤 시내로 운반해 와 집을 짓는다. 그리고 일부 주민은 국경에서 서

△ 건설작업 현장

티모르에 살고 있는 인도네시아 주민들에게서 제재목을 구입해 와서 시내창고에 쌓아놓고 팔고 있는데, 그 값이 아주 비싸다. 시내 몇 곳에 있는 중국인이 운영하는 건재상에 가보면 시멘트, 합판, 제재목, 망치, 못, 페인트 등을 팔고 있는데, 뜻밖에 소형 발전기가 많다. 딜리 시내에는 아직도 전력 발전이 충분하지 않아 전기가 공급되지 않는 집이 많다. 그러므로 호텔과 외국인 집에서는 이들 소형 발전기를 구입하여 사용하는 것이다.

중국인들은 현지에서 태어난 사람들도 있으나, 1999년 주민투표 이후 재빠르게 싱가포르나 인도네시아에서 들어와 상점을 차려놓거나 방에 창문도 없는 간단한 호텔과 식당을 지어 놓고 돈 많은 유엔 직원들이나 외국 공관원을 상대로 장사를 하여 많은 돈을 벌었다고 한다. 이러한 중국인들의 재빠른 장사방법을 보면 혀를 내두르게 된다. 그러므로 전화(戰禍)를 입어 파괴된 도시에서 고급 BMW를 몰고 다니는 중국인 젊은이를 보게 되는 것은 이상한 일이 아니다. 주

96

민들은 가난하지만 유엔직원들과 평화유지군 그리고 외국 공관원 인원이 많으므로 중국인들은 호주의 다윈과 싱가포르에서 식품과 생활필수품을 배편으로 수입하여 장사를 한다. 물건을 사기에 불편한 환경이므로 외국인들은 중국인들이 부르는 높은 가격을 지불하고 필요한 물건을 살 수밖에 없고 묵을 만한 호텔도 없으니, 할 수 없이 형편없는 건물이지만 비싼 방값을 지불하고 중국인이 소유한 호텔에 묵지 않을 수 없다. 중국인들은 다른 사람들이 위험하다고 생각하는 곳에 남보다 먼저 들어왔다. 위험이 높은 곳에 돈을 벌 수 있는 기회가 많다는 것은 맞는 말인가 보다.

6. 동티모르 일기

로스팔로스 시장의 활기 넘치는 모습
을 사진에 담았다. 마치 한국의 보통
재래시장 같은 분위기였는데, 물론
파는 물품들은 한국과 매우 달랐다.

 # 동티모르 엽기풍물

딜리에서 업무를 마치고 왔던 길을 그대로 되돌아 로스팔로스 주둔지로 돌아가다가 잠시 멈추어 쉬고 있는데, 동티모르인들이 모여 괴상한 낚시를 하는 모습을 보게 되었다. 한 무리의 현지인들이 아무것도 보이지 않는 흙탕물에 들어가 거의 직감만을 이용해 손을 휘휘 저으며 물고기를 잡고 있었다. 더러는 플라스틱 통을 물 안으로 가지고 들어가는 사람들도 있었다.

어떤 여자아이는 진흙 범벅이 된 물고기를 입에 물고는 물고기를 더 잡으려고 손을 계속 휘휘 젓다가 물 밖에 있던 언니인 듯 보이는

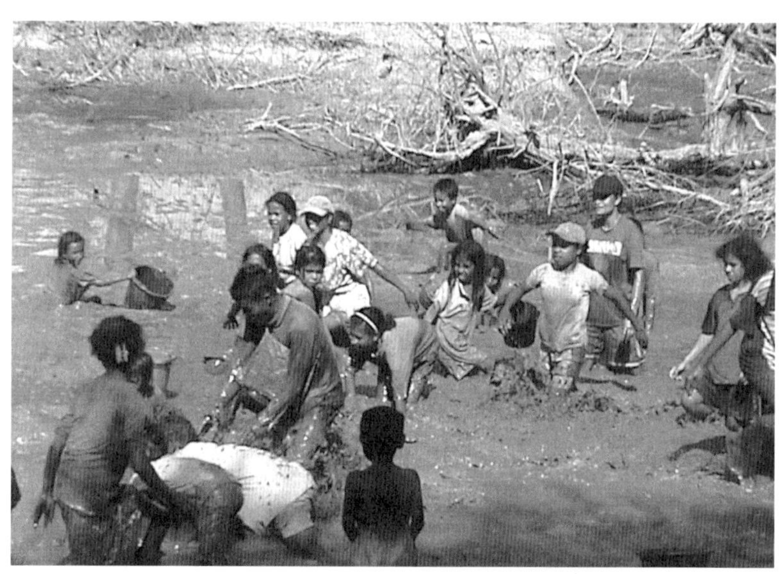

△ 주민들이 낚시하는 모습(로스팔로스 근처 냇가)

여자가 부르니 그 쪽으로 물고 있던 물고기를 던졌다. 그리고 물 밖에 그 여인은 물고기를 주워 플라스틱 통에 담았다.

한쪽에서 갑자기 소란스러워지면서 남녀노소 할 것 없이 한곳으로 몰려들었다. 중년의 아저씨가 몸을 날려 무엇인가를 잡았다. 잡은 그 무엇을 헹구려는 듯이 물에 넣어 휘휘 젓더니 청바지 뒷주머니에 집어넣었다. 물고기였다.

초 엽기적인 그 장면을 나는 비디오 카메라로 담았다. 언젠가 TV 방송국에 기회가 있으면 보내보려고 한다.

상록수부대원들과 현지주민들의 친선 축구경기를 로스팔로스 시내 축구장에서 한 적이 있었다. 축구장이 국내 언론매체에서 소개한 '친구의 나라 한국의 거리'(RUA MALUK KOREA)에 접해 있어, 경기 시작을 기다리며 그 거리를 지나다니는 현지인들을 무심코 보게 되었다. 자전거를 타고 다니는 사람들이 보였는데 속도를 멈출 때 이상한 소리가 났다. 옆에 있던 한국병사 하나가 "브레이크 죽인다!" 하고 감탄하길래 자세히 보니 자전거 브레이크가 고장나 슬리퍼를 신은 발을 자전거 뒷바퀴에 접촉시켜 브레이크를 잡는 것이었다. 잠시 뒤 자전거를 타던 한 소년을 만나 슬리퍼를 좀 보여 달라고 해서 살펴 보니 한쪽만 많이 닳아 있었다.

△ 뒷발로 브레이크를 잡는 모습

△ 브레이크를 잡느라고 닳아버린 슬리퍼

질병과의 전쟁

　　남태평양의 여러 다른 나라들과 마찬가지로 동티모르에도 말라리아의 위험이 있다. 때문에 파병 전에 말라리아 예방교육이 있었고, 동티모르에 도착해서도 예방교육이 몇 차례 더 있었다. 상록수 5진 장병들은 매주 월요일 '라리암'이라는 말라리아 예방약을 복용해야만 했다. 위에 아무 탈 없는 나도 가끔 그 약을 복용하면 속이 메스껍고 머리가 어지러울 정도였으니, 소문대로 그 약이 독하긴 했던 것 같다. 그럼에도 몇 명의 말라리아 환자가 발생했다. 본격적인 우기에 들어서면서 모기가 급증한 것이다. 신기한 것은 건강해 보이고 아무 증상도 나타나지 않는 사람의 혈액을 검사해도 말라리아 양성반응을 보인 경우가 많았다. 말라리아균에 감염되어도 건강한 사람들한테는 증상이 표면적으로 나타나지 않는 것이다.

　　동티모르에서 생활한 지 2개월이 지나, 여기저기서 멀쩡히 앉았다가 갑자기 휴지를 챙겨 어디론가 급히 뛰어가는 병사들이 급증하기 시작했다. 화장실은 늘 비워질 기미가 안 보이고 속옷 빨래도 급증했다. 말라리아는 파병 전 국내에서도 익히 들어 알고 있었으나, '장염'이란 게 우리를 괴롭힐 줄이야! 바로 옆에 있는 전우가 장염을 앓을 때까지도 나만큼은 안 걸릴 거라고 믿고 있었다. 착각이었다. 언제부터인가 배에서 꼬르륵 소리가 나더니, 뒤에서 무엇인가 낼름낼름거려 가스를 분출하고 속은 것을 깨달아 화장실을 자주 다니기 시작했다. 밤에 자다가도 시도 때도 없이 반응이 왔다. 정말 미칠 것 같았다. 변을 봐도 내용물이 거의 액체였다. 휴지로 자꾸 닦다

보니 뒤가 따끔거렸다. 집에 돌아가고 싶었다. 조금만 참으면 낫겠지 하고 버티다가 결국은 의무대 신세를 졌다. 그런데 드디어 다른 고문이 시작되었다. 링거를 맞으며 아무것도 먹지 말라는 지시를 받은 것이다. 옆에 다른 이유로 온 환자들이 '짜파게티'라도 끓여먹을 때면 그 배고픔과 먹지 못하는 고통을 어떻게 달래야 할지 몰랐다. 그럴 때면 남들은 아직 덜 아파서 정신을 못 차려 그렇다며 놀려댔다. 링거만 맞고 있자니 소변만 엄청 마려워 링거 들고 화장실 다니는 것이 하루 가운데 최고의 운동이었다. 그때는 정말 치유 불가능한 만성장염에 걸리는 줄 알았다. 하지만 대한의 건아는 질병과의 투쟁에서 승리하여 얼마 후 완전히 회복하였다.

장염의 원인이 무엇인지는 정말 알 수 없었다. 아마 식기 세척할 때 쓰는 물 때문이 아니었나 생각한다.

부대원들 사이에서는 이런 고생을 치르며 이상한 말이 생겨났다.

'말라리아 5단에 장염 3단'

풀이하면 말라리아 5번 걸리고 장염 3번 걸렸다는 뜻이다.

알비노

　한국에서는 다소 생소하게 느낄 수 있으나 태평양의 여러 나라에
서 가끔 보는 '알비노 현상'(albinism)이라는 것이 있다. 백인과 흑인
의 혼혈인들 가운데 우성 인자들만 받아 피부가 거멓더라도 잘생기
고 예쁜 후손이 나오는 경우가 있는 반면, 열성 인자만 잘못 받아 피
부, 머리털, 눈 등에서 멜라닌이 유전적으로 형성되지 않는 이상현
상이 나타나는 후손들이 간혹 있다. 근친 결혼으로 이런 이상현상이
나타나는 경우도 있으나, 일찍부터 서양의 침략을 받은 태평양 여러
나라들에서는 백인과 흑인의 피가 많이 섞여서 이런 현상이 가끔 일
어나기도 한다. 이 현상이 드러나는 유전형질, 유전병을 알비노
(albino)라고 하는데 이 병에 걸린 사람이나 동물도 알비노라고 부른

△ 로스팔로스의 알비노 청년

106

다. 로스팔로스에서도 이런 알비노가 몇 있었다.

어른이 되어 가면 모르겠지만 어릴 때 영어권 나라로 유학 가면 백인 아이들이 텃새를 많이 부릴 때도 있다. 그리고 가끔 극단적인 백인 우월주의에 물든 사람들을 만나기도 한다.

우리가 흑인을 보고 점잖지 않는 표현으로 '깜둥이'라고 하고 백인들을 '코쟁이'라 부르듯 백인들이 동양인들을 비하해서 쓰는 단어는 여러 가지가 있다. 영화에서도 가끔 나오는데, 예를 들면 '국' (gook)이나 '옐로우 몽키'(노란 원숭이) 등이 그것이다. 그들이 쓰는 욕인 만큼 그들 자신을 욕하는 단어는 좀처럼 찾기 어렵다. 만약 어떤 백인이 해외에서 우리를 그렇게 부르면 아예 무시를 하든지 싸우고 싶으면 "에라이, 알비노야!"라고 맞 받아치면 된다.

참고로, 한국어 발음을 영어로 표기할 때 '국' 자가 나오면 스펠링을 'G' 보다는 'K'로 사용하는 것이 낫겠다. 예를 들어 '한국'이란 발음을 영어로 표기한다면 'Han Gook'이라기 보다는 'Han Kook'으로 표기하는 것이 좋겠다.

 태국군

　　2001년 12월 5일 동부여단에서 태국군 UN 메달 수여식이 있었다. UN 메달이란 1966년 UN 특별규정에 따라서 UN의 일원으로 세계평화 유지에 참여한 군인이나 경찰에게 수여하는 메달인데, UN 활동기간이 3개월 이상이면 동메달을, 9개월 이상이면 은메달을 수여한다. 이날은 태국군 장병에게 동메달을 수여하는 날이었다.

　　상록수부대에서는 단장님을 비롯한 몇몇 간부가 초청되었고, 나는 사진촬영을 위해 동행하게 되었다. 상록수 주둔지에서 차를 타고 약 2시간 달려 태국군 주둔지가 있는 바우카우로 갔다. 바우카우는 수도인 딜리 다음으로 꼽는 동티모르 제2의 도시이다. 동티모르에서 제일 큰 비행장이 있는 곳이고, 상록수 부대원들이 동티모르에 도착해 처음 땅을 밟게 된 곳이기도 하다.

　　평화유지군 사령관을 비롯하여 각국 평화유지군 간부가 참여한 가운데 UN 메달 수여식을 거행하였다. 사령관을 비롯한 각국 지휘관들이 해당 태국 장병들의 가슴에 UN 동메달을 직접 달아주고 악수를 하였다. 메달 수여식 뒤에는 다채로운 행사가 펼쳐져 보는 이들의 눈을 즐겁게 해 주었는데, 특히 태국 전통공연이 인상적이었다. 빨간 반바지와 머리에 빨간 두건을 두른 남자들이 나와 한쪽에서는 북과 징을 치며 태국 전통음악을 연주하고, 다른 쪽에서는 배배꼬는 이상한 몸동작으로 춤도 추고 입에 휘발유를 넣어 불을 뿜기도 하였다. 이 전통공연이 끝나고는 칼과 창을 사용하는 타이의 무예시범이 있었고 킥복싱 시범, 킥복싱 약속대련, 즉각조치 사격시범

△ 태국 장병들이 UN 동메달을 받고 있는 모습

△ 행사에 초대된 각국 지휘관들이 UN 동메달을 태국 장병들의 가슴에 달아주는 모습

◁ 태국 전통공연 가운데 킥복싱 대련

▷ 불을 뿜는 사나이

◁ 민속춤을 추는 태국 간호장교들

이 이어졌다.

태국군 장교식당에서 준비한 점심을 먹었다. 식사할 동안 식당 한편에서는 흰색 모시의 태국 전통의상을 입은 연주단이 전통음악을 계속 은은하게 연주하고 있었다.

귀대할 시간이 되자, 단장님이 호주 장교들과 이야기를 나누시는 게 보였다. 혹시나 내가 필요할지 모른다며 과장님은 나보러 단장님 옆에 가 있어 보라고 했다. 가까이 가 들어보니 호주군들은 아직 준비도 해 놓지 않은 상태에서 단장님을 자기네 헬기로 부대까지 모셔다 주겠다고 제안하고 있었다. 단장님은 불편하더라도 얼마 걸리지 않으니 그냥 차로 가겠다고 하셨다. 그러나 호주군들은 한사코 헬기로 모셔다 드리겠다고 우왕좌왕하며 헬기 조종사를 찾아다니느라 호들갑을 떨었다. 헬기를 준비하는 데 시간이 한참 걸릴 듯하여 단장님은 다시 한번 명확히 차로 복귀하실 뜻을 밝히셨다. 결국 차로 부대에 복귀하셨는데, 나는 그때 단장님이 지휘관으로서 멋진 모습을 보여주셨다고 생각한다. 불편하더라도 끝까지 동행한 부하들과 함께하시려는 마음과 외국군들을 대할 때 정중하게 자신의 뜻을 관철하는 모습이 나에게는 무척 인상적이었기 때문이다.

콧대 높은 호주군

　동티모르가 안정을 찾아가면서, UN 평화유지군의 대대적인 인원감축이 시작되었다. 2001년 11월과 12월에 케냐 부대와 필리핀 부대가 완전 철수하고, 상록수부대도 안정을 찾은 라우템 지역을 떠나 서티모르 안의 오쿠시 지역으로 부대를 옮겨 계속 임무수행을 하게 되었다. 그리하여 2001년 12월 17일 라우템 지역에서 임무를 종료하고 선발대와 후발대로 나뉘어 대대적인 부대이동을 감행하게 되었는데, 이를 위해서는 여러 가지 준비가 필요하였다.

　그 무렵 장병들은 부대 여기저기서 분주히 물자를 포장하고 나르며 바쁜 나날을 보내고 있었다. 모두 이삿짐센터 아저씨들로 변한 것 같았다. 그리고 이때 시설물과 장비를 이동하는 데 호주군의 지원을 받게 되어 호주군들을 많이 접할 수 있었다. 포장된 부대장비와 물자는 컨테이너에 실어 트레일러로 항구에 옮긴 뒤 해상으로 오쿠시에 보냈다. 차량과 같은 기동 장비는 테뉴(Tenu) 항으로 옮겨 거기서 선적하였다.

　12월 18일, 이미 공병들의 사전작업으로 준비된 테뉴 항 접안시설에 상록수 기동장비들을 실으러 배 앞부분을 여닫을 수 있는 배 한 척이 들어왔다. 촬영을 지시받아 가보니 호주 다윈(Darwin)의 퍼킨스 쉬핑(Perkins shipping)이라는 민간 해상 수송 업체의 배였고, 그 배의 승무원들은 모두 호주 백인들이었다.

　차량이 모래에 빠지지 않도록 모래사장에 깔판을 깔아 그 위로 차량이 지나게 하여 선적을 하였는데, 생각보다 시간이 많이 걸렸다.

이때 호주군 수송 책임자로 키가 190cm 안팎인 중위와 상사 한 사람이 같이 왔는데, 많은 서양인들이 그렇듯 한국인들을 깔보는 듯한 인상을 받았다. 선적을 기다리는 국산 덤프트럭을 보더니 '음, 꼴에 제법인데'라고 하듯 아랫입술을 삐죽 내밀고 고개를 끄덕거렸다. 작업 지원 나온 두 호주군은 들어온 배의 승무원들과 무전으로 한국군을 놀리는 농담을 주고받았다. 차가 고물이라느니 쇠사슬 감는 방법이 독특해서 이상하다는 등 별의 별 것에 트집을 잡아 비아냥거리며 낄낄댔다. 열 받았지만 아직 내가 끼어들어 화낼 만한 건덕지는 없어 참고 있었지만, 계속 지켜보며 따끔하게 말할 기회를 노렸다.

한국군의 6륜 덤프트럭이 모래 속에 빠져 허우적대자 운전병은 4륜구동기어를 넣었다. 바퀴가 6개인데 4륜구동이니 앞바퀴 둘은 힘을 내지 못 하였다. 옆에 있던 배의 한 승무원이 나보고 "한국 덤프트럭 제조업체에 전륜 구동으로 만들라고 해야겠다"고 하길래 내가 "한국에서 쓰던 장비를 그냥 가져 온 것인데 한국에서는 도로가 좋아 트럭을 전륜으로 만들 필요가 없다"고 빈정거리며 대꾸했더니, 그 직원이 쭈뼛거리며 "말 되네요"(Fair enough)라고 했다. 사실 나는 그 덤프트럭이 왜 4륜구동만 되는지 몰랐다.

조금 있으니 그 덤프트럭을 후진하여 선적하려 했다. 호주군 중위가 입에 껌을 짝짝 씹으며 차가 모래에 빠지니까 도중에 멈추지 말고 빠르게 후진하라고 지시했다. 운전병이 빠른 속도로 후진하려고 했는데 실패하여 도중에 잠깐 차를 멈추는 바람에 트럭이 도로 모래에 빠져 허우적댔다. 그러자 그 호주군 중위는 욕을 하기 시작했다. 목을 손으로 긋는 시늉을 하며 "ㅆX 멈추지 마!"(Don't fucking stop!)라고 소리를 질러댔다. 순간 나는 내 귀를 의심했다. 서양인들 사이에서도 사무적인 자리에서 그런 욕을 하면 수준 낮은

△ 테뉴항에서 물자를 싣고 있는 호주 민간 선박

사람으로 여겨지고 또 이를 들은 상대방도 감정적으로 받아들이기 때문이다. 그런데 내 귀는 정상이었다. 그 중위는 완전히 맛이 가서 극단적으로 무례한 단어들을 섞어 쓰기 시작했다. 작업을 하던 전우들이 영어를 못한다 해도 외국영화에서 자주 나오는 그 정도 욕설은 다 알아들을 수 있었다. 더욱 괘씸한 것은 상록수부대 대위, 소령이 있는 자리에서 욕지거리를 했다는 데 있다. 국적은 서로 달라도 같은 평화유지군으로서 서로 존중해야 하는데, 한국군을 얼마나 깔봤으면! 찬물을 끼얹은 듯한 분위기가 되었다.

나는 도저히 더 이상은 안되겠다 싶어 그 중위에게 천천히 다가갔다. 그리고는 "당신이 우리 장교들 있는 데서는 좀더 예의를 갖췄으면 고맙겠습니다"(It would be very much appreciated if you could show a little more respect in presence of our officers)라고 했다. 그러자 그는 나를 힐끗 보더니 고개를 끄덕거리며 작은 목소리로 "O.K"라고 했다. 그 뒤로 작업이 끝날 때까지 그는 두 번 다시 욕을 하지 않았다. 이를 본 상록수부대의 소령 한 분이 매우 흐뭇해 하셨다.

내가 생각하기에 영어를 못하는 것은 부끄러운 일이 아니지만, 당당하게 자신의 권리를 찾지 못하는 것은 분명히 '흠'이라고 생각한다. 한국에서 큰소리 치는 사람들이 외국에 나가면 언어 때문에 주눅이 들어 있는 모습을 많이 보았고, 독자들도 외국에서 그런 경험을 했거나 주위에서 한 번쯤은 보았을 것이다. 그런데 알고보면 그럴 필요가 전혀 없다. 내가 본 원사 한 분은 영어를 한마디도 못했는데, 외국군에게 빈정거리는 말을 들으면 한국말로 화를 벌컥 내어 오히려 상대방을 당황하게 만들었다. 외국인에 대한 그 당당한 배짱이 참 대단하게 느껴졌다. 그리고 실제로 이렇게 대처할 경우 외국 사람들이 한국인을 함부로 대하지 못하는 경우가 많다. 단, 아무 데서나 '무대포 정신'을 발휘하라는 것은 아니니 오해는 말았으면 한다.

영어를 열심히 공부하는 신세대 독자 여러분들한테는 이러한 상황을 해결하는 더 좋은 방법이 있어 소개할까 한다. 내가 서양사회에서 지내며 느낀 점 가운데 하나는 그들의 '보고'(Report) 시스템이 한국이나 다른 동양의 나라보다 훨씬 체계화해 있다는 것이다. 한국 안에서야 보고에 대한 조치도 미흡할 때가 많고 '고자질한다'고 비난을 받는 경우가 많으나, 서양에서는 이러한 보고가 개인의 권리를 지키는 정당한 방법으로 인식되고 있다.

위와 같은 경우 당시 내 계급은 '일병'이었고 상대방은 '중위'였으므로 내가 그에게 말을 걸 때는 정중하게 말할 의무가 있었다. 그게 먹혀 들어가서 다행이었지만 그러지 않았을 경우에는 나도 그에게 심한 욕을 하며 화를 낼 작정이었다. 왜냐하면 타국 군이라고 한 국군 장교들 앞에서 계속 자기 마음대로 행동한다면, 나만 군인으로서 그에게 예의를 갖추어줄 필요가 없었기 때문이다. 그러나 만약 예의를 지키지 않은 채 화를 내고 언성을 높여도 안 통했다면 어찌 할 것인가? 그때는 열 받지만 잠시 참았다가 정식으로 그의 상급자와 지휘관에게 정중하게 항의하는 편지를 써 보내면 효과적이다. 직업군인인 그들의 상급자에게 그런 보고가 들어간다면 결코 그들의 경력에 좋지 않을 것이기 때문이다.

어찌 보면 이러한 절차가 귀찮을 수도 있으나 그냥 성질을 벅벅 내는 것보다 이러한 방법이 한 차원 높고 훨씬 효과적이다. 또 이렇게 함으로써 한국인을 얕보지 않게 할 수도 있다. 요즘엔 우리나라도 선진국 대열에 들어서면서, 이런 '보고' 시스템이 체계화하는 것 같아 기쁘다.

너무 호주 사람들을 비평한 것 같은데 어디나 그렇듯 좋은 사람들도 많다. 나도 호주에 괜찮은 백인 친구들이 있다. 다만 이같이 '뚜껑 열리는' 상황이 닥치면 어떻게 대처할 것인지에 대해 독자들과 생각을 나누고 싶었을 뿐이다.

# 호주군의 이모저모

　앞서 말한 대로 부대 물자를 이동할 때 여러 호주군들을 접할 기회가 있었는데, 그들과 대화하면서 재미있는 이야기를 많이 듣게 되었다.

　상록수부대원들은 전투복의 소매를 걷어붙이고 다니다가 오후에 주둔지에 있을 때는 하계 체육복을 입는다. 이와 달리 호주군들은 일과시간 내내 전투복 소매도 걷지 않을 뿐더러, 소총까지 둘러메고 작업을 한다. 때로는 전투복 상의를 아예 벗고 얼룩덜룩한 위장무늬의 런닝셔츠만 입은 채로 일하는 병사들도 보였으나, 이는 규정을 어긴 모습이다. 마침 '알란'(Alan)이라는 일병과 알게 되어 그들의

◁ 호주군 개인화기 스타이어 AUG AI

△ 스타이어 AUG AI 분해도

전투복 착용규정을 알아보았다. 알란이 말하기를, 그들이 정글도 아닌 곳에서 그렇게 긴 전투복을 소매도 안 걷고 입는 이유는, 조금이라도 모기에 적게 물리고자 만든 규정 때문이라고 했다. 나는 속으로 '참 골 때리는 규정이로구나! 그런다고 안 물리냐, 물릴 놈은 물리지' 하고 생각했으나, 한편으로는 규정을 엄격히 준수하려는 그들의 자세는 높이 평가할 만했다.

호주군들이 항상 휴대하고 다니는 소총은 한국영화 〈쉬리〉 끝 부분에 김윤진씨가 들고 뛰어다니다가 한석규 씨를 겨눌 때 썼던 오스트리아제 '스타이어'(Steyr AUG A1)라는 총이다. 동일한 총기를 쓰는 뉴질랜드군의 총은 진한 갈색이었으나, 호주군 소총의 색깔은 엷은 황토색이었다. 한 호주군 준위에게 소총 좀 보여줄 수 없냐고 물으니, 약간 경계하는 듯한 눈으로 조심스레 보여주었다. 그러나 그가 안절부절못하는 것 같아 자세히 보지도 못하고 좋은 총이라 칭찬하며 얼른 넘겨주었다. 내 얼굴이 사고라도 칠 인상으로 보였나 보다. 그리고 얼마 뒤 컨테이너 트레일러 운전을 하는 '일병'에게도 소총을 보여달라고 해 보았더니, 웬걸! 탄창을 빼더니 분해까지 자세히 하며 설명한 뒤 다시 결합하여 아예 총을 나한테 넘겨주었다. 순간 그가 친절해서 그런지 의무감이 부족한 멍청한 병사라서 그런 건지 판단이 안 섰다.

5.56mm탄을 쓰는 그 총은 투명 플라스틱으로 제조된 탄창을 쓴다. 총 윗 부분에 망원 조준경이 부착되어 있어 실사보다 1.5배 확대해서 볼 수 있다는데, 그 조준경 안에 십자가 모양의 줄이 처져 있어, 순간 조준에 아주 편리하게 보였다. 그의 말로는 호주군 사격 실력이 그 망원조준경 덕분에 3배 향상되었다고 했다. 나는 이 말에 감명받은 척했고 그는 곧 비행기에 탔다. 눈에 띄는 플라스틱 개머

리판의 그 총은 마치 장난감 같았다. 실탄을 장전하지 않고 격발을 해 보니 소리가 완전 B·B총이었다.

그와 한국군의 개인화기를 이야기하다가 나도 질세라 한국군의 개인화기를 자랑했다. 호주군이 사용하는 스타이어 소총 종류에도 유탄발사기를 부착할 수 있는 것이 있으나, 실제로 그들이 메고 다니는 것은 한 번도 보지를 못했기 때문에 우리의 유탄발사기가 달린 소총부터 이야기했다. 그리고는 호주군 소총의 방수 여부를 물어 보았다. 그는 안 된다고 했다. 나는 내게 지급된 K-2 소총은 방수가 안 되지만 위병소에서 근무하는 특전사들이 지닌 K-1은 대 테러용으로 특수 제작되어 아마 방수가 될 꺼라고 허풍을 쳤다. 그는 의외라는 듯 순진하게 그 말을 믿으며 진짜냐고 되물었다. 난 아마 그럴 꺼라고 그에게 확신시켜 주었다.

소총을 항상 휴대하는 것이 불편하지 않냐고 몇몇 호주군들을 만나 물어보니 "Pain in the ass"란다. 우리말로 해석하면 '짜증난다' 정도 되겠다. 한 사람도 '좋다'는 사람은 못 보았으나, 누가 보든 말든 그들은 어딜가나 소총을 메고 다녔다. 심지어 한 칸짜리 좁은 화장실에 들어갈 때도 두루마리 휴지와 총을 들고 들어갔다! 볼일 본 뒤 총 닦으려고 그랬나? 한편으로는 웃겼으나 만약의 상황을 대비하는 그들의 자세가 인상적이었다.

이 밖에도 호주군은 야전 때에 적군 저격수의 표적이 될 수 있으므로 상관을 만나도 경례를 하지 않고, 등에 길쭉한 튜브형 물통에 물을 담아 꼭 지니고 다녀야 한다는 규정 등이 있어 흥미로웠다.

호주군 컨테이너 트레일러 운전병들 가운데 머리가 희끗희끗하고 나이가 지긋해 보이는 사람이 있어 계급을 물으니, 놀랍게도 '일병'이라고 했다. 호주군은 복잡한 일이 하기 싫거나 중요한 일의 책임을 맡기 싫어 본인이 진급을 희망하지 않으면 이렇게 '할아버지 일병'으로 남아 군생활을 계속하는 경우도 있다. 반대로 그들은 우리를 보며 어떻게 어린 나이에 진급을 그렇게 빨리 할 수 있는지 의아해 했다.

호주의 경우 미국과 비슷하여 고등학교 졸업 후 부모로부터 독립하는 자녀들이 많다. 따라서 대학에 가는 인원이 우리보다 적은데, 그래서인지 대학을 졸업하고 입대한 사람들은 장교가 된다. 내가 대학(university)을 졸업했다고 하니 그들은 왜 장교가 아니냐고 물었다.

안젤리카 촬영 지원

처음엔 안젤리카와 서로 사무적으로만 만났다. 그러다가 차츰 개인적인 친분을 쌓은 우리는 어느 순간부터인가 거의 매일 이메일로 연락을 하게 되었다. 서로 안부와 그날 일정을 물었고 나는 야외촬영 예정지와 예정시각을 그녀에게 통보해 주었다. 바쁜 일이 없으면 그녀는 꼭 나를 찾아 주었고, 그럴 때면 업무로 말미암은 스트레스를 받고 있던 나에게 그녀는 사막의 오아시스와도 같았다.

하루는 안젤리카가 공보과장님께 촬영지원을 정식 요청하여 나를 데리고 부대 밖으로 나왔다. 로스팔로스에 살다가 동티모르 사태 때문에 고향을 떠난 사람들에게 로스팔로스의 최근 상황을 알려 그들이 귀향하도록 장려하는 영상물을 제작하는데, 장비가 없어 도움이 필요하다고 하여 내가 그녀의 업무지원을 나가게 된 것이다. 그날 하루 종일 그녀와 함께 로스팔로스 시내를 포함한 라우템 지역 곳곳을 돌아다니며 촬영을 했다. 또 지역 유지들을 찾아가 로스팔로스가 안정을 되찾았다는 내용의 인터뷰를 비디오 카메라에 담았다.

먼저 간 곳은 로스팔로스 시장이었다. 시장의 활기 넘치는 모습을 화면에 담았다. 마치 한국의 보통 재래시장 같은 분위기였는데, 물론 파는 물품들은 한국과 매우 달랐다. 재미있는 것은 그런 후진국 시골 시장에서도 가짜 유명메이커 상품을 파는 것이다. 상표는 그대로 도용되었으나 상품은 완전 저질인 것이 대부분이었다. 그런데 한 상점에 가짜 베르사체 벨트가 있어, 자세히 보니 꽤 정교하게 만들어져 있었다. 얼마냐고 물어보니 미화 2달러라고 했다. 사려고

◁ 로스팔로스 시내
전통가옥

▷ 로스팔로스 시
장 가는 길에 만난
보이스카웃

◁ 시장 모습

122

보니 나한테 미화가 1달러밖에 없어 1달러로 깍아 달라고 했는데 끝까지 안 깍아줬다. 흥정을 하고 있는데 어디선가 안젤리카가 다가와 짠돌이로 오해받을까봐 그냥 사지 않았다.

시장을 떠나다보니, 도로에 '작년에 왔던 각설이' 차림의 백인 남자가 보였다. 그런데 안젤리카가 아는 사람이라고 해서 인사를 주고받았다. 그 남자는 체구가 작고 마른 외모에 동성연애자 같이 행동을 하는 30대 중반의 스코틀랜드 태생 호주남자였는데, 같이 이야기하다 보니 고정 직업도 없고 말 그대로 정처없이 떠돌아다니는 방랑자였다. 그때그때 자신의 미용기술을 발휘하여 자리 나는 미용실에 임시로 취직해서 여행자금을 번다고 하였다. 한심해 보이기도 했지만 한편으로는 대단하게 느껴졌다. 그는 그렇게 안정된 생활도 않고 돈 걱정 없이 이리저리 다니다가 임기응변으로 돈을 벌어 유럽과 아프리카를 여행한 이야기를 나에게 해 주었는데, 매우 흥미로웠다.

차비가 없다고 하여 그를 차에 태우고 촬영하러 다니다가 현지인 식당에서 같이 점심식사를 하였다. 평소 현지인 식당을 좋아하지는 않았지만, 색다른 경험을 해보자며 쾌히 들어간 그곳은 '미니 카페' (Mini Cafe)란 식당이었다. 식당 안에는 아사 직전의 개 한 마리가 어슬렁거리며 다니고 있었다. 한쪽 구석에는 아예 이불이 깔려 있고 주인의 아이까지 올누드로 벌렁 누워 자고 있었다. 태어나서 처음으로 가 본 이색(?) 카페였다. 독일 쾰른 출신의 안젤리카는 이미 오래 전부터 그런 이색적인 환경에 적응되었는지, 별로 이상하게 여기지 않는 것 같았다. 메뉴를 보니, 먹을 만한 것은 볶음밥밖에 없어 보였다. 장염의 공포를 경험한 뒤라, 내 딴엔 그나마 검증된 음식이라 생각되어 그것을 시켰고, 닭고기가 볶음밥에 섞여 나와도 문제없냐고 묻길래 그렇다고 했다. 음식이 나와 먹어보니 고기맛이 엄청

◁ 전통광주리 레우
를 팔고 있는 여인
의모습

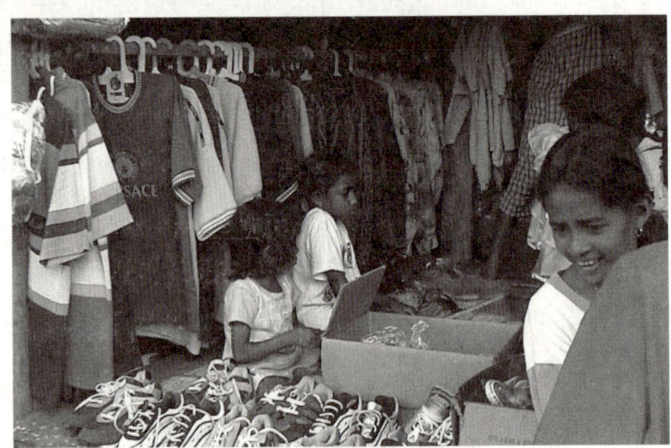

▷ 유명 브랜드 모
조품을 파는 가게

◁ 시장의 튀김 가게

124

썼다. 상했나 싶어 물어보니 닭 내장이란다. 어이구, 그럼 진작 이야기하지! 고기는 골라내고 기름에 볶은 밥을 콜라를 국 삼아 먹었다. 아니 억지로 삼켰다는 표현이 더 정확하겠다.

동티모르에서 일을 하려면 정말 많은 인내심이 필요하다. 오후에 지역 유지들을 인터뷰하러 찾아다녔는데, 길을 물어 찾아가 한참 이야기하다 보면 찾던 그 사람이 아니고, 또 안내 받아 다른 집에 가보면 옆집이라고 그러고, 또 가보면 잘 찾아 왔는데 주인이 없다고 하고, 그래서 한 시간을 넘게 기다려 그를 만나보면 다른 사람이고, 계속 그런 식이었다. 안젤리카가 투덜댔다. 그녀는 약간 야성적인 면이 있었는데, 나는 그런 그녀가 귀여웠다.

원래 우리 공보과장님과 협조하기를, 그날 하루만 지원해 주기로 했는데, 그날 하루 종일 바쁘게 다녔는데도 목표를 달성하지 못 하고 말았다.

안젤리카와 상의해 우리 과장님께 다음날 하루를 더 지원해 달라고 부탁해 보기로 했다. 그날 부대로 복귀해서 과장님의 허락을 얻어 다음날 또 지원을 나가 작업을 마무리지었다.

우째 이런 일이!

　라우템 지역에서 상록수부대의 임무는 종료되었지만, 우리는 그곳의 활동을 마무리지으며 또 다른 결실들을 보았다.

　2001년 12월 18일, 레우로 교회준공식이 있었고, 다음 날인 12월 19일에는 선발대로 편성된 병사들이 헬기를 타고 오쿠시 지역으로 먼저 이동하였다. 크리스마스에는 한국기업들의 지원으로 받은 구호품들을 로스팔로스의 임마뉴엘 교회, 돈 보스코 성당, 바우로 성당, 인도네시아 수녀원 등에 전달하였다.

　그리고 12월 31일, 종무식을 끝으로 이국땅에서 새해를 맞았고, 2002년 1월 2일과 1월 4일에는 상록수 공병들이 그동안 땀흘린 결실인 세삐라따 성당공소의 준공식을 각각 치렀다.

　1월 4일 밤에는 유관기관 초청만찬이 있었는데, 이 자리에서 부대원들의 자발적인 참여로 결성된 '꼬레아 1달러 장학회'에서 모은 장학금을 라우템 지역행정관에게 건넸다. 그리고 1월 8일에는 국내 합동참모 본부에서 보내온 호메마을 개발기금을 전달하였다.

　위와 같은 행사가 있을 때마다 촬영을 나가 여러 가지를 보고 들으면서 동티모르 주민들의 다른 면을 알게 되었다.

　이 가운데 몇 가지를 국제사회를 살아가야 하는 독자에게 소개하고자 한다.

　파병 전에 보도를 통해 동티모르인들이 처해 있는 불행한 현실과 그들이 당하는 고통에 동정심이 생겼다. 그들에게 외부의 도움이 절실히 필요했고 그들이 받은 도움에 진심으로 고마워하는 모습이 많

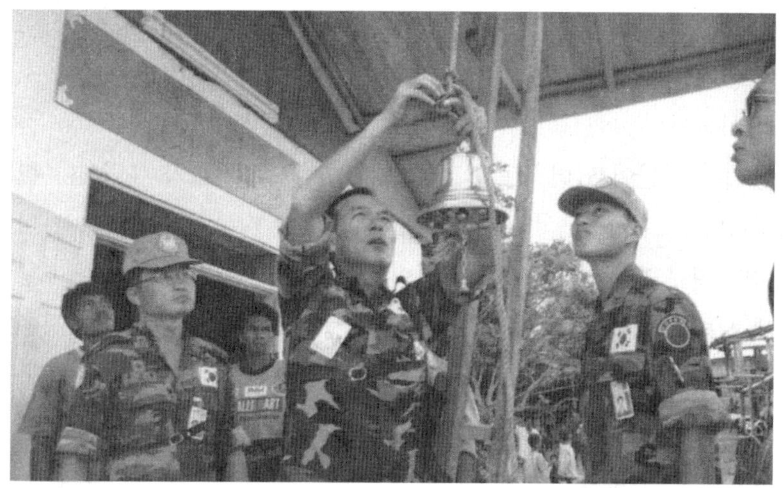

이 보였다.

　이러한 보도 때문에 맹목적인 원조가 이루어지고 있는 것은 아닌지 생각해 보게 된다.

　우선 2002년 1월 4일 있었던 세뻬라따 성당 공소 준공식에서 있었던 일이다. 준공 기념식에서 우리 단장님의 말씀에 이어 필리핀 출신 신부의 감사답사가 있었다. 이에 그 자리는 잔치 분위기로 고조되고 있었다.

　그런데 마을의 한 아저씨가 정중하게 단장님께 드릴 말이 있다고 했다. 그는 앞으로 나와 마이크를 잡고 한다는 말이, 공소를 지어줘서 고맙긴 한데 몇 가지 문제가 있다고 했다. 그가 현지말로 하면 필리핀 신부가 영어로 통역하였는데, 숨죽이고 무슨 말이 나올까 귀기울여 보았다. 들어보니 문손잡이·창문·지붕이 마음에 들지 않아 고쳐달라는 것이다. 상식적으로 납득이 가질 않았다.

때는 준공식 중이었다. 아무리 건물이 마음에 들지 않는다 하더라도 우리가 공짜로 땡볕 아래서 노동력까지 제공하며 지어준 공소가 아닌가!

설사 불만이 있더라도 단장님께 개인적으로 찾아가 부탁해야 할 일이다. 오랫 동안 식민지 통치를 받은 다른 태평양 섬나라들을 다니며 일부 현지인들이 노예근성이 있음은 일찍부터 알았으나 그렇게 사람들이 많이 모인 공적인 자리에서 노골적으로 발언하는 것은 처음 보았다. 순간 놀랐으나 곧 배신감이 느껴지면서 열이 올랐다. 전우들도 그렇게 편해 보이지 않았다. 단장님은 훌륭한 지휘관답게 평정을 잃지 않으시고 묵묵히 끝까지 그의 이야기를 경청하셨다. 단장님의 심정이 어떠했을지 지금도 궁금하다. 그 아저씨의 트집 잡기가 끝나고 주민들이 준비한 축하 공연이 이어졌는데 눈에 들어오지도 않았다.

1월 8일 호메마을 개발기금 전달식 때의 일이다. 회관에 마을 사람들이 모이고 안젤리카와 어느 호주 군의관도 그 자리에 참석했다. 그의 계급은 대령이었다. 단장님이 개발기금이 든 봉투를 마을 사람들에게 전달하는 사진을 촬영한 뒤 회관을 나와 밖에서 기다리고 있었다. 그런데 마을 사람들은 해산할 기미를 보이지 않았다. 조금 있으니 그 호주 군의관이 나오길래 무슨 일이냐고 내가 물어보니, 마을 사람들은 우리 부대가 하지도 않은 약속이 이행되지 않았다고 섭섭해 하고 있다는 것이었다. 세삐라따 공소에서 그 아저씨가 실수로 무례한 발언을 한 것이 아님을 확인하는 순간이었다. 그 호주 군의관은 단장님 옆에 있다가 주민들이 말도 안 되는 일로 항의하자 오히려 자기가 그 자리에 계속 있기 무안해 먼저 나왔다고 했다. 또 덧붙여 자기가 우리 지휘관이었다면 상당히 당황했을 것이라고 말했다. 우리 단장님은 그때도 평정을 잃지 않으셔서 나로 하여금 지휘관의 자세가 어떤 것인지를 느끼게 하였다. 조금 뒤에 무리가 흩어지며 안젤리카도 나왔다. 주어진 임무도 아닌데 상록수부대가 지역 주민들을 위해 헌신적인 봉사 활동을 많이 펼친 것에 대해 높이 평가한 그녀도 우리편에 서서 현지인들의 그런 노골적인 무례함에 상당히 불쾌함을 느낀 표정이었다.

우리가 전달한 구호품들 가운데 의류도 있었는데, 좋다고 히히덕거리며 가지고 갈 때는 언제고 얼마 뒤 옷 사이즈가 맞지 않다고 도로 가져와 항의를 하는가 하면, 상주 중대가 철수할 때는 주민들이 돌을 던지며 철수하더라도 TV와 비디오는 놓고 가라고 했다. 이러한 실정은 오쿠시에서도 크게 다를 바 없었다.

다시 생각하면 주민들이 얼마나 살기가 힘이 들면 이런 행동을 할까 안타까운 생각도 들었다. 그리고 물론 내가 만난 동티모르인 가운데 성실하고 예의 바른 사람들도 있었다.

로스팔로스 상록수 공보과 사무실에 있을 때 UNTAET 소속으로 공보과에서 일하는 두 명의 현지 직원들이 있었는데, 격주간 발행되는 《상록수 신문》을 현지 말로 번역하는 일을 주로 하였다. 공보장교님이 한국어판 신문을 발행하면 내가 이를 영어판으로 번역하였고, 그 현지 직원 둘은 그것을 인도네시아어판으로 번역하였다. 상록수부대의 활동을 홍보하기 위해 3개국어로 번역되어 유관기관에 배포된 이 신문은 대외적으로도 많은 호평을 받았다.

고용된 그 현지 직원 가운데 한 명은 시작부터 끝까지 능글능글하게 뺀질거리다 볼 일 다 보았고, 다른 한 명의 이름은 '마리오'였는데 한국군의 모범적인 활동에 자극받아 동티모르를 대표하는 한 사람으로 자기 나라의 자부심을 지키기 위해 맡은 일에 최선을 다

하였다. 세뻬라따 공소와 호메마을에서 충격을 받은 내가 그에게 동티모르 관습으로는 그런 공식적인 자리에서 불만을 토해도 용납되느냐고 묻자, 아니라고 하며 주민들의 그런 행동에 대해 아주 미안하게 생각하였다. 로스팔로스를 떠날 때 그래도 생각을 같이하는 그와 헤어지는 것이 아쉬웠다. 그는 동티모르에서 보기 드물게 믿음직한 청년이었다. 상록수 신문에 그의 눈에 비친 한국군의 모습에 대한 글을 실은 적이 있는데, 이 책 뒷부분 부록에 수록해 놓았다.

 군기 빠진 동티모르 방위군

동티모르의 독립을 앞두고 UN 사무총장 코피 아난(Kofi A.Annan) 은 영국 런던에 있는 킹스 컬리지(King's college)의 방위 연구센터에 동티모르 정규군 창설에 대한 연구를 의뢰하였다. 연구 결과보고에 서 3가지 방안이 제시되었는데, 모두 팔린틸(FALINTIL, 동티모르 민족 해방군)을 미래 방위군의 모체로 한다는 전제 아래 세운 방법 들이었다.

결국, 제시된 3가지 안 가운데 세 번째 안이 채택되었고, 병력 규 모는 3천 명(1,500명의 직업군 + 1,500명의 비상근 예비군)으로 결 정되었다.

여기서 독자들의 이해를 돕고자 잠시 팔린틸과 그들의 저항모습 을 간략히 설명하고자 한다. 앞서 말했듯 팔린틸은 1987년 12월, 정 치로부터 분리되어 정규군대로서 임무를 수행하기 전에 프레티린이 조직한 소규모 무력집단에 지나지 않았다.

포르투갈 통치 말기에 포르투갈군에 입대한 경험이 있는 젊은이 들을 주축으로 한 2천여 명이 1975년부터 산악 게릴라전으로 활동 을 시작했다. 이들은 초기에는 6개의 지원기지를 거점으로 하여 주 민들로부터 식량 등 경제적 지원을 받고, 포르투갈군이 남기고 간 무기, 그리고 인도네시아군에 입대한 전(前) 팔린틸 요원이 빼돌려 준 무기, 무전기, 전투복 등을 가지고 인도네시아군의 지휘부를 타 격하고 보급로를 차단하는 등 끈질기게 저항하여 첫 3년 동안은 국 토의 80% 정도를 방위하였다. 많을 때는 그 인원이 2만여 명까지

되어 위력을 발휘하는 듯했으나 결국 압도적인 인도네시아군사력에 밀려 1979년경까지 대부분의 인원이 죽거나 항복하여 대규모 무장투쟁은 거의 소멸되었다. 결국 70년대 말에는 그 인원이 600여 명으로 줄어, 외로운 전투를 계속 치르다가 더 이상 도움을 줄 수 없어 주민들에게 항복을 권유하기도 할 지경에 이르렀다. 지원기지가 위치한 지역에 기근이 찾아와 주민들이 식량을 찾아 대거 이동하는 바람에 '80년대에는 팔린틸이 생존할 수 있었던 자체가 승리였다. 하지만 음식, 의류, 약품 등 생활 필수품이 모두 부족하여 많은 사망자가 나왔다. 식량 부족으로 규칙적인 식사를 하지 못하여 위궤양을 앓는 이들도 많았고, 계속되는 인도네시아군의 보복성 공격과 초토작전으로 피해 다니다가 몸에 박힌 납탄을 몇 달 동안 방치해 결국 납중독으로 죽는 이들도 있었다.

그들은 한꺼번에 몰려 있으면 인도네시아군에게 몰살을 당할 위험이 있어 20여 명 단위로 산속에 숨어 저항을 하였다. 그러나 가끔 회의를 하기 위해 여러 그룹이 한곳에 모이기라도 할 때면, 팔린틸 속의 첩자가 인도네시아군에 고자질하여 혼쭐이 나기도 하였다. 이 무렵 인도네시아군은 팔린틸에 협조하는 주민들을 색출하고자 팔린틸처럼 위장하여 한 가정씩 확인이 되는 즉시 보복을 하기도 하고, 마을 지식인들을 죽이고는 팔린틸의 소행이라고 몰아붙이기도 하였다.

1998년 인도네시아에서는 수하르토에 이어 하비비 정권이 들어섰다. 하비비 대통령은 어려운 자국 사정을 고려하여 실추된 국제사회의 신용을 얻기 위해 동티모르의 자치권과 인권문제에 대한 개혁안을 마지 못해 추진하였다.

이후 인도네시아군은 더 이상 대도시를 점령하여 노골적인 주민

학살을 할 수 없게 되자 동티모르에서 대거 철수하는 척하고 대중 매체를 통해 이를 홍보하였으나, 이들은 사실 지방으로 거점을 옮겨 주둔하며 동티모르 내의 친인도네시아 세력을 키우고 있었다. 그리하여 그 민병대를 그들의 대리인으로 이용하여 학살을 계속하게 된다.

이들 민병대는 인도네시아군에게 지원받은 무기, 집에서 제작한 사제 총, 정글 칼 등을 가지고 어쩌면 인도네시아군보다 더 잔인하게 동족을 학살했다. 팔린틸에 대한 주민들의 절대적인 신뢰를 떨어뜨리기 위해 여러 만행을 저질러 놓고는 팔린틸의 소행이라고 떠벌리고 다니는 등 독립 주민투표가 있기 전 많은 방해공작을 펼쳤으나, 주민들은 팔린틸에 대한 믿음과 희망을 버리지 않았다.

1999년 5월, 인도네시아와 UN의 협약에서, 인도네시아는 민병대의 존재와 자국군(軍)과 민병대의 관련 여부를 강력히 부정했고, 그동안의 만행이 민병대가 아닌 무기를 가진 팔린틸의 소행이라고 주장했다. 이는 당시 UN에 상당히 설득력 있게 받아들여졌고, 이 협약에 따른 인도네시아는 동티모르의 치안을 맡게 되고 팔린틸에게는 무장해제가 요구되었다.

결국 상황은 마치 고양이에게 생선을 맡기는 꼴이 되었고, 이후 협약내용은 팔린틸에게는 상당히 치명적인 요소로 작용해, 같은해 9월 민병대의 난동이 일어났을 때 이에 대항하여 싸울 무기가 있었음에도, 그냥 지켜보고만 있을 수밖에 없었다. 이는 군인으로서 참지 못할 괴로움이었을 것이다. 당시 팔린틸의 총지휘관은 현재 동티모르방위군의 총사령관인 마탄 루악(Martan Ruak)이었는데, 그는 협약내용을 끝까지 지키라는 구스마오의 지시를 따랐고, 그 대가로 주민들에게 엄청난 비난을 받아야 했다고 한다.

이러한 우여곡절을 겪은 팔린틸을 주축으로 동티모르 방위군이 창설된 것이다. 따라서 그들은 현재 우리나라 장병들보다 더 풍부한 실전경험을 가지고 있어 애국심이나 의욕, 책임감에서 상당히 성숙한 모습을 보여줄 것이라고 기대했다. 그러나 현실은 그와 좀 거리가 있었다.

오쿠시 지역에서 철수하는 요르단군을 대신하여 상록수부대가 그 지역을 책임지게 된 반면 우리가 책임지고 있었던 라우템 지역은 동티모르 방위군이 인계받아 치안유지를 하게 되었다.

부대 일부 인원이 선발대로 오쿠시로 떠난 얼마 후 동티모르 방위군들이 들어오기 시작했다. 우리가 사용하던 식당을 반으로 나누어 반쪽은 동티모르 방위군들이 사용하였으며 위병소 근무도 한국

△ 동티모르 방위군과 함께

군과 동티모르군이 합동으로 서게 되었다.

일반 주민들과는 달리 동티모르 방위군은 우리와 눈이 마주치면 빤히 쳐다보며 우리가 먼저 인사하기를 기다렸다. 동티모르에서는 자신들이 영웅이라는 식의 인상을 받았다.

보행 때 제식동작을 철저히 지켜 절도 있게 걷는 우리 부대원들과는 달리 그들은 근무 교대를 하러 가면서도 줄도 안 맞춘 채로 제각기 터덜터덜 걸어갔다. 위병근무 때 꼿꼿이 당당한 자세로 서서 출입인원을 통제하는 우리 부대원들과는 달리, 그들은 위병소에 의자를 놓고 아예 편안한 자세로 앉아 근무하였다. 차량이 드문 톨게이트 근무를 연상시켰다. 밤엔 심지어 앉은 상태로 위병소 벽에 기대어 그들의 초록 베레모를 앞머리에 푹 눌러 써 눈을 가리고 아예 자는 모습도 보였다. 그 동네에서 아무리 정규군대가 생긴 지 얼마 안 되었다고는 하나 좀 심하다는 느낌이 들었다.

결국 동티모르 방위군은 상록수부대가 그곳을 떠난 지 채 한 달도 되지 않아 그 지역 여인을 강간하는 사고를 저지르게 된다.

아쉬운 작별

　나는 2002년 1월 10일 아침, 후발대로 오쿠시에 가기로 되었다. 1월 8일 호메마을 쇼크가 있던 날 밤 같이 공보과에서 일하는 병사가 아파 의무대에 입실하게 되었다. 그 병사는 세면기구와 몇 가지 개인 물품을 가지러 막사에 올라 왔었는데 그때 나를 보더니 안젤리카가 들어와 있다고 전했다.

　나는 그가 의무대로 떠난 뒤 약 5분을 기다렸다가 의무대에 내려갔다. 그를 문병 갔다가 우연히 안젤리카를 만난 척하며 그녀에게 웬 일로 왔냐고 물으며 능청을 떨었다. 그녀는 갑자기 속이 이상해져서 왔다고 했다. 전우 문병을 구실로 의무대를 방문한 나는 링거 두 병을 맞고 누워있는 그녀 곁으로 가서 결국 그날 밤 그녀가 떠날 때까지 아예 그녀 옆에 벌렁 누워 그동안 못 다한 이야기를 하였다. 그녀도 내가 곁에 있어 주길 바랬다.

　먼저 그 날 아침에 있었던 호메마을 쇼크에 대해 이야기를 나누었는데 다혈질인 그녀가 더 흥분하고 나섰다. 링거 병으로 그녀의 피가 역류해 올라가는 줄 알았다. 그녀는 동티모르 주민들한테 쌓여 있었던 그동안의 불만을 다 토해냈다. 그녀의 말에 따르면 현지인들은 거기에 온 외국인들이 자기네들보다 더 잘 사니까 외국인들이 도와 주는 것을 당연히 여기고 심지어는 그런 외국인들을 싫어하기까지 한다고 하였다.

　현지 관리들은 본인들 일은 하지 않으면서 공금횡령에 바쁘다면서 나한테 몇 가지 예를 들어 설명하여 주었다.

로스팔로스 현지 병원의 의사는 지원받은 공금을 횡령하여 개인의 차를 필요 이상으로 샀다고 한다. 환자는 돌보지 않고 UNTAET 사무실의 인터넷 카페에서 하루 종일 인터넷만 하는 데다가, 자신의 차는 소중히 관리하면서도 병원 구급차 관리는 소홀하여 고장나도 자금 부족을 이유로 고치지 않아 응급환자 발생 때 상록수부대나 그 동네 UN 민간경찰(CIVPOL)에 지원 요청을 했다고 한다. 그러지 않아도 힘없는 민간경찰이 경찰차로 한두 번도 아니고 여러 번 응급환자를 수송해서 민간경찰 측에서도 불만이 많았다고 한다.

1월 4일 유관 기관을 초청한 부대 만찬 자리에서 현지 학생들에게 장학금을 전달했을 때 라우템 지역 행정관이 "이는 UNTAET이 받아 들여야 할 좋은 본보기"라고 발언하여 UNTAET의 추가 자금 지원을 간접적으로 요구하였다. 당시 나는 그게 무엇을 의미하는지 몰라 그냥 넘겼는데 안젤리카의 말에 따르면 그 지역 행정관이 UNTAET에게서 지원받은 공금을 횡령한다는 의혹을 받고 있어 UNTAET 직원들로부터 신임을 얻지 못하고 있었는데, 그런 뻔뻔한 발언까지 하여 기분이 더러웠다고 한다.

이 밖에도 일부 현지인들은 열심히 일할 의지나 노력은 보이지 않고 동정심을 유발하며 불로소득을 바라고 있었다. 이런 경우는 남태평양 섬나라들에서도 흔히 보아 예전부터 알고 있었기에 그다지 놀랍지는 않았다. 다만 그동안 그녀와 주민들에 대해 이야기 한 적이 없었는데 어쩜 그렇게 그녀의 생각도 나와 똑같았는지 신기했다.

군용 지프를 타고 지나다 보면 현지 아이들이 지프를 향해 뛰어 오는 경우가 많았는데 군용 건빵이라도 던져 주면 몰라도 그렇지 않을 경우에는 투덜거리며 "꼬레아 띠다 빠구스!"(인도네시아 말로 '한국 나쁘다' 는 의미)라고 노골적으로 불만을 나타내는 경우도 있었다.

△ 안젤리카와 함께

　그녀의 이야기는 끝이 없었다. 정치적인 것에서부터 시시콜콜한 개인적인 일까지 낱낱이 이야기하여 주었다. 국내 언론은 무조건 순수하고 불쌍해서 그들을 지원해 주어야 한다는 식의 동정을 보이는 경우가 많은데, 그곳 주민들의 이런 다른 면이 있음을 독자들이 꼭 알아주었으면 한다.

　한참 동안을 이야기하던 그녀는 갑자기 소변이 마려워 화장실에 가야겠다고 했다. 난생 처음 링거를 맞아본 그녀는 어찌 해야 하는지 나한테 물었다.

　나는 피가 역류하지 않도록 링거를 계속 들고 있는 상태로 화장실을 다녀오거나 링거 바늘을 다 뽑고 화장실을 다녀온 후 다시 꽂으면 된다고 하였다.

그녀는 근심 어린 표정으로 두 방법 모두 맘에 안 든다고 하면서 진짜 그런 방법밖에는 없냐고 재차 물었다. 나는 진짜라고 했다. 때마침 의무대 화장실이 막혀 그곳에서 가장 근접한 막사 옆 화장실을 이용해야 할 형편이라 그녀의 고민은 이만 저만이 아니었다. 잠시 생각한 나는 다른 옵션으로 내가 링거를 들고 화장실까지 그녀를 따라가는 방법이 있다고 했다. 세 번째 방법을 들은 뒤에도 그녀의 표정에서 희망이란 찾아 볼 수 없었다. 내가 생각하기에도 어이가 없어 웃어버렸다. 잠시 생각하던 그녀는 세 번째 방법을 택했다.

막사 옆 화장실에서 어렵게 일을 치른 우리는 다시 의무대를 향했다. 캄캄한 밤이라 안젤리카를 앞세우고, 런닝에 반바지를 입고 슬리퍼만 신은 내가 링거를 치켜들고 그 뒤를 졸졸 따랐다. 공보장교님이 보였다. 급하게 볼 일이 생긴 공보장교님은 공보과 병사가 아파 입실한지 몰라 막사에서 그를 찾던 가운데 나와 마주친 것이다. "단결!" 그 순간을 무사히 모면하려고 나는 우렁차게 구호를 외치며 경례를 하였다. 그 병사가 어디에 있냐고 물으시자 나는 의무대에 입실했다고 대답해 드렸다. 그러자 또 "너는 안 자고 뭐하냐?" 하고 물어 보시길래 "이 여자 도와주고 있습니다"라고 했다.

충격을 받으신 듯한 공보장교님의 단 한마디. "오메~!"

안젤리카도 상당히 무안해 했다.

그날 밤이 지나고 다음날인 1월 9일 16시경 우리는 25만 달러(미화) 상당의 부대시설물 일부를 동티모르 방위군에게 기증하는 인계식을 가졌다.

인계식 뒤 그동안 로스팔로스에서 태권도 교육을 받은 현지 학생들의 태권도 시범이 있었다. 그것이 로스팔로스에서 마지막 작별행사인 셈이었다.

안젤리카와도 작별했다. 비록 그 이후에도 연락은 계속 했지만 앞으로 우린 서로 보기 힘들 것임을 알고 있었다. 그녀와 작별인사를 나누고 나니 무거운 허탈감이 찾아 왔다. 쉬려고 막사에 들어가니 분위기를 맞추어주려는 듯 텅빈 내무실에는 고요함과 적막함만 맴돌았다. 기운이 쫙 빠지고 모든 것이 귀찮아 야전 침대에 양팔을 벌려 손을 축 늘어뜨리고 털썩 뻗어 누웠다. 그러고 얼마쯤 지났을까? 나는 그동안 로스팔로스의 추억을 되새기며 고독을 벗삼아 다음날 아침 오쿠시로 가져갈 짐을 챙겼다.

7. 오쿠시

흔히 '밤낮을 가리지 않았다'고 하면 단순
히 열심히 하였다는 의미로만 받아들이는
경우가 많은데, 우리는 부대가 안정되기까
지 말 그대로 밤낮을 가리지 않고 일했다.

서부 개척

　2002년 1월 10일, 단장님을 비롯한 후발대 인원들은 푸일로로 평원에서 MI26 헬기를 타고 약 2시간 뒤 오쿠시에 도착하였다. 우리의 부대 이동은 한국 파병부대 역사에서 최초로 실행된 것이라 상당히 특별한 의미를 지니고 있었다. 고지대인 로스팔로스에 견주어 기온이 높아 40도를 웃돈다고 하더니 내리자마자 후끈한 열기가 땅으로부터 올라왔다.

　나는 먼저 촬영을 위해 순시하시는 단장님을 따라 넓은 평지의 지원대 시설로 이동하였다. 높고 푸른 멋진 산을 뒤로 한 지원대에서 우리는 공병들이 짓고 있는 목조집들을 보고 감탄을 하였다. 후발대보다 20여 일 먼저 와서 공사에 투입되었지만, 엄청 고생했겠다는 생각이 절로 들었다. 그래도 갈길은 멀어 보였다. 그들은 쉴 새 없이 작업을 하였다. 그리고 그렇게 밤낮을 가리지 않는 작업을 할 수 있는 공병은 우리 공병밖에 없을 거라는 생각이 들었다. 지원대로 들어서면 왼쪽에는 병사들의 임시숙소인 군용 검은 텐트들이 보였고, 오른쪽에는 목조로 만든 집들이 들어서고 있었다. 목조집들이 다 완성되면 텐트는 걷고 그리로 입주할 예정이었다. 지원대 중간쯤에는 보급품들이 쌓여 있었다. 후발대가 도착하기 얼마 전에 다녀간 한국 해군의 보급선이 가져온 것이라고 했다.

　로스팔로스와는 달리 오쿠시에서는 지원대와 단본부가 분리되어 있었다. 차를 타고 약 5분 떨어진 단본부에 들어서자, 그곳도 공사가 한창이었다. 아직 철수하지 않은 요르단군도 보였다. 로스팔로스

에 있을 때부터 요르단군에 대해 좋지 않은 소문을 많이 들었다. 그
들이 오쿠시 여인들을 자주 성추행했다고 들었는데, 그런 선입감이
있어서인지 그들은 하나같이 눈빛이 음흉해 보였다.

군복을 착용하지 않고 휴식 중인 요르단 군인들은 마치 여성복
같은 원피스로 된 긴 옷을 입고 있었다. 이슬람 문화권의 그들은 장
소를 가리지 않고 일정한 시간마다 갑자기 일어나 돗자리를 깔고 동
쪽으로 엎드려 몇 차례 절을 하곤 하였다. 아무것도 깔지 않은 시멘
트 바닥 위에 빵을 그냥 놓고 먹는 모습도 눈에 띄었다.

요르단군이 사용한 건물은 전체적으로 폭격을 받은 듯한 인상을
주었다. 막사는 지저분하기 짝이 없었고, 그들의 주방은 쓰레기장을
연상시켰다. 샤워장의 시퍼런 이끼는 그렇다 하더라도 풀이 50cm
이상씩 자라 있는 것은 이해가 안 갔다. 어쩌면 그들은 자연과 더불
어 샤워를 하고 싶었는지도 모르겠다. 어쨌든 그 모습은 마치 영화
에 나오는 버려진 교도소의 샤워실 같았다. 물을 틀어보니 물이 나
오지를 않았다. 오쿠시는 물이 부족하여 먼 수원지에서 급수차를 이
용해 운반해 온 물을 제한급수한다고 했다. 가장 놀란 것은 그들이
사용했던 화장실을 보았을 때다. 딜리 시내의 컨테이너를 개조한 고
베하우스와 같이 단본부에도 고베하우스 몇 동이 있었는데 그 가운
데는 화장실로 제작된 것들도 있었다. 요르단 군인들은 좌변기 위에
올라가 변을 보았다. 그들의 변기를 들여다보고 있노라면 2차 대전
당시 폭격 받은 진주만을 보는 것 같았다. 화장실에 들어간다는 자
체가 불결하게 느껴지는 정도를 넘어 죄를 짓는 기분이었다. 변기
옆에는 보라색의 플라스틱 주전자가 있었는데 처음에는 그것이 무
슨 용도로 쓰이는지 몰랐다. 하루는 어느 요르단 군인이 그것이 어
떤 용도로 쓰이는지 보여준다고 친절하게도(?) 문을 열고 변을 보아

알게 되었는데, 그들은 우리처럼 휴지를 사용 않고 볼일을 본 뒤 물을 왼손에 따라 뒤를 닦았다. 물론 그가 일부러 보여 준 것은 아니고 어느날 화장실에 들어가 우연히 목격했는데 그때 졸도하는 줄 알았다. 그 뒤로는 가끔 요르단군이 악수를 청하려고 오는 눈치면 미소를 띤 얼굴로 크게 인사하고 바쁜 척 다른 곳으로 걸어갔다. 우리들은 누군가 그 화장실을 청소하라고 지시할 것 같아 눈치를 보고 있었는데, 아니나 다를까 우리는 그 화장실 청소에 투입되었다. 그것은 일종의 고문이자 극기훈련이었는데, 우리의 피나는 노력에도 사태는 수습되지 않았다. 우리는 "UN에 이 화장실 반납하자!"고 절규에 가까운 소리로 투덜거렸다. 아무리 해도 사태가 수습될 기미를 보이지 않자, 청소를 그만 하라는 지시가 새로 내려왔다. 그때 그 기분은 마치 적진에 포위 당했다가 구출하러 온 우군 헬기를 보는 것 같았다. '안되면 되게 하라'는 정신을 가진 우리로서도 요르단군의 뒤처리에는 역부족이었다. 그때 처음으로 요르단군이 무섭다는 것도 느꼈다.

내무실과 사무실을 보수하느라 쉴 새 없이 들리는 전기톱과 드릴

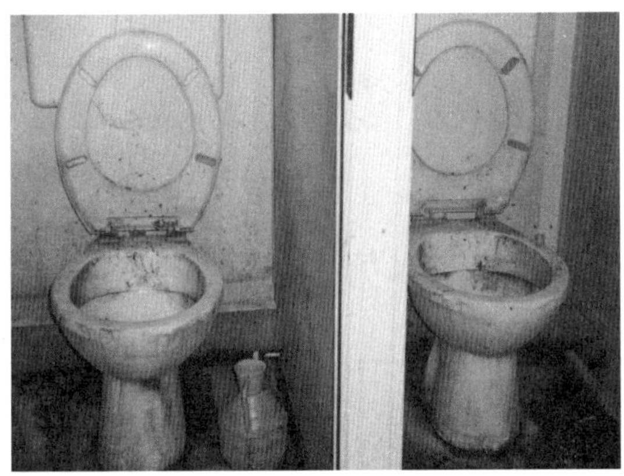

▷ 요르단군의 화장실

소리, 망치질 소리, 포크레인의 소음, 분주히 다니는 트럭, 또 이에 따라 발생하는 흙먼지 등 난리 그 자체였다. 거기에다가 '엎친 데 덮친' 격으로 많은 고베하우스 사무실 가운데 하필이면 우리 처부 사무실만 에어콘이 작동되지 않았다. 정말 '악몽' 그 자체였다. 부대원들은 주둔지가 안정을 찾을 때까지 당분간 모두 공병이 되어 버렸다. 오쿠시라는 '열악 동산'에서 보내는 첫날부터 벌써 로스팔로스가 그리웠다.

식당조차 단본부 지역에 설치되지 않아 우리는 매끼마다 지원대 시설로 가서 식사를 해야 했다. 식사 때마다 병사들은 서둘러 각자의 식판과 숟가락을 들고 나와 트럭에 올라타고 지원대로 갔다.

당시 우리 모두는 공병이 되어 제각기 다른 작업에 투입되었기 때문에 식사 때 데리러 온 트럭을 놓치는 일도 많았는데, 이럴 때면 무리를 지어 줄줄이 식판을 들고 걸어서 지원대 시설까지 이동해야 했다. 차로는 5분이면 될 거리를 그 작열하는 태양 아래 걸어서 20분을 가야했다. 한번은 20여 명이 무리를 지어 걸어가다가 지나가는 군용 지프 레토나 한대를 발견, 그 안에 모두 끼여 타기로 했다. 소형차에 사람들을 최대로 많이 태우는 '기네스북'의 실험을 우리는 땀으로 끈적거리는 몸에도 아랑곳 않고 몸소 실천한 것이다. 최대한 끼여 타 모두 탑승하는 데 성공했다. 그 작은 지프차에 장정 20여 명을 태울 수 있다니 우리들 자신도 놀라움을 막을 수 없었다. 도로에서 이를 목격한 주민들도 신기해하면서 우리를 지켜보았다. 왜 국산차가 이제 해외무대에서도 당당히 어깨를 겨룰 수 있는지 이해할 수 있었다. 도로 사정이 나쁘기는 오쿠시도 만만치 않았는데, 겹겹이 무릎 위에 앉아 더러는 발까지 차창 밖으로 내밀어야 했던 우리에게 도로에 뚫린 구멍을 지나는 것만큼 괴로운 일은 없었다. 구멍

146

을 지나 차가 꿀렁거릴 때면 밑에 깔린 병사들은 괴로운 신음소리를 연발하였고 죄 없는 운전병은 욕을 바가지로 얻어먹었다. 이러한 가운데 누군가 "우리는 지금 세계기록을 세우고 있으니 아파도 좀 참자"고 하여 신음과 낄낄거리는 소리를 섞어 내면서 우리는 목적지로 향했다. 밥 먹는 것 자체가 일종의 '행사'였고 그때의 삶 자체가 '유격 훈련'이었다.

물이 부족하여 식기를 씻는 것도 문제였다. 급수차가 오면 장병들이 벌때같이 급수차에 달라붙었는데, 그나마 짬(서열)에 밀려 뒤로 가야 해서 닦는 데 어려움을 겪었다. 급수차는 일단 도착하면 샤워장에도 동시에 물을 공급했으므로 샤워장도 매우 붐볐다. 조금이라도 늦으면 물이 바닥나는 바람에 식기세척이고 샤워고 아무것도 없었다. 이 때문에 식기를 씻지 못하는 경우도 많았는데, 이런 경우 다음 끼니 때 식판에 적당히 눌어붙은 음식물을 반찬과 함께 나온 국으로 헹궈 먹었다. 더러는 UN에서 부식으로 나온 호주산 쥬스로

△ 열악한 상황에서 식사하는 모습

헹구는 때도 있었고, 더 운이 좋아 UN에서 보급되는 생수가 남아도
는 날에는 그 물로 식기를 헹구었다.

　샤워를 할 때는 이미 어둑어둑한 저녁 무렵이었다. 급수차 옆에
위치한 샤워실에는 여러 명이 한 샤워기를 같이 사용했는데, 시끄러
운 사람들의 말소리도 그렇지만 우선 급수차의 모터 소리가 귓전을
때렸다. 그 소리는 여름 농촌이 가물 때 사용하는 물펌프 모터 소리
와 같은데 바로 옆에서 들으니 시끄러웠다. 또 한쪽 구석에는 철제
식기들이 부딪히는 소리가 났다.

　그리고 조금 있으면 요란한 소리를 내며 의무대의 방역 차량이
흰 연기를 뿌리며 지나간다. 이 모든 것들이 영화에서처럼 실제 전
쟁을 방불케 하는 특수효과로 쓰여 야전 경험의 확실한 추억을 남겼
다. 이런 과정을 거쳐 어렵게 물만 찍어 바르고 마는 샤워라도 하면
그 개운함은 말로 다 형용할 수 없었다. 육군 최정예 요원들답게 우
리는 그렇게 '열악 동산'에 빨리 적응하고 있었다.

주둔지 건설

군대에서 튀면 안 좋다는 이야기가 있다. 나는 여기에 덧붙여 '띄면 안 좋다'고 말하고 싶다. 어느날 공보과 야간작업을 마치고 사무실을 나서는데, 일직사관이랑 눈이 마주쳤다. 불행히도 타이밍을 너무나도 절묘하게 맞추어 작업장소로 끌려갔다. 일직사관은 가는 길에 있는 내무실의 다른 병사들도 같이 데리고 갔는데 당시 내무실에 없었던 병사들은 특혜(?)를 받은 셈이었다.

작업은 국내에서 가져온 이동식 화장실을 설치하는 일이었다. 로스팔로스와는 달리 오쿠시에는 물이 귀해 UN 컨테이너 화장실을

△ 단본부 식당 보수 공사

제외하고는 재래식 화장실을 설치하였다. 작업 시작 시간은 밤 11시 30분쯤이었는데, 작업은 다음날 새벽 1시 정도에 종료되었다. 트럭 한 대가 왕복하며 지원대에서 화장실을 한 동씩 싣고 오느라 연속해서 일을 할 수 없어 작업이 지연된 것이다. 우리가 작업할 때 저쪽에서는 요르단군 3명이 팔짱 끼고 작업을 구경하며 히죽거렸다. 아니, 우리 화장실 설치하는 데 왜 그들이 좋아할까? 그들은 우리가 화장실을 설치하고 떠난 뒤에 사용하고 싶은 눈치였다. 얄미웠다. 만약 그때 그들 가운데 하나가 내게 다가와 화장실 좀 써도 되냐고 물어 왔으면 나는 "니꺼 써!"라고 했을꺼다. 피곤하고 짜증도 났다. 하지만 한편으로는 우리보다 훨씬 큰 공사만 담당하는 공병들의 노고에 감사하는 마음도 생겼다.

주둔지 공사는 실로 무에서 유를 창조하는 작업이었다. 처음 선발

△ 지원대 막사 신축

대가 도착했을 때 지원대 자리에는 퍼져 마른 소똥과 풀만 수북히 자라 있었다. 대공사를 시작한 지 약 한 달 만에 주둔지의 윤곽이 드러나기 시작했다. 단본부와 지원대 지역으로 나누어져 있어 공사량도 그만큼 더 많았지만, 단 한 건의 안전사고 없이 우리는 주둔지를 성공적으로 건설했다. 이러한 우리 부대원들의 헌신적인 노력은 현지인들에게도 강한 인상을 심어 주었다. 요르단군과 우리를 비교한 그들은 짧은 영어와 몸짓으로 요르단군을 가리켜서는 손을 포개어 베고 자는 시늉을 하며 "Always sleeping"(항상 잔다)이라 하고, 한국군을 가리켜서는 망치질하는 시늉을 하며 "Always working"(항상 일한다)이라고 했다.

흔히들 '밤낮을 가리지 않았다' 하면 단순히 열심히 하였다는 의미로만 받아들이는 경우가 많은데, 우리는 부대가 안정되기까지 말 그대로 밤낮을 가리지 않고 일했다.

# UN 직원의 눈에 비친 요르단군

고베하우스를 사용하는 처부 가운데 유일하게 우리 처부의 에어컨만 작동하지 않았다. 에어컨 없이 매일 40도를 웃도는 폭염 속에 철제 컨테이너 사무실 안에서 근무하는 것은 또 하나의 극기훈련코스였다. 차라리 사무실 안보다 밖이 시원했다.

우리 처부의 에어컨은 UN에서 보급된 것이었으므로 하루는 UNTAET 사무실을 찾아갔는데 UN 직원들은 서로 자기소관이 아니라며 다른 사람의 사무실이나 연락처를 알려주었다. 이리저리 돌아다니고 전화를 했으나 되는 일은 없었다. 그렇게 헤맨 끝에 담당자라고 안내받은 직원을 찾아가니, 그는 자리에 없었다. 아침부터 일이 꼬였다. 그런데 친절하게도 바로 옆방에서 몸집이 풍성한 백인이 나와 잠깐 자기 사무실에서 기다리라고 했다.

그는 'security officer'로 우리말로 바꾸면 '치안 담당관' 정도 되는데, 캐나다 사람이었다. 이름은 '마빈'(Marvin)이었는데, 그와 이런저런 이야기를 하다가 요르단군에 대해 이야기를 하게 되었다. 요르단군의 성추행에 관한 소문이 맞냐고 물어보았더니 그는 실상이 소문과 약간 다르다고 답변했다.

물론 요르단군이 잘못한 경우도 있었지만 상황은 다음과 같았다. 요르단군은 주민들이 불쌍하다고 주둔지 철조망 너머로 UN에서 지급나온 유통기한이 지난 빵을 현지인들한테 나누어주었다. 그리고 어느 순간부터인가 그 빵은 주민들의 주식이 되어버렸다. 요르단군의 처지에서도 빵이 남아돌면 문제가 되지 않으나, 자기들 먹기에도

152

모자랄 때는 현지인들한테 무턱대고 나누어 줄 수는 없는 노릇이었다. 그러자 이에 분노한 여인네들이 그 지역 UN 민간경찰서를 찾아가 요르단군이 자신들을 성추행했다고 허위로 신고한 경우도 많았다고 한다. 요르단군은 이런 일로 골치가 아파 일정한 간격으로 남는 음식물을 모아 특정지역에서 주민들에게 나누어주었는데, 또 이에 부작용으로 이번엔 다른 지역 주민들이 왜 자기들한테는 음식물을 나누어주지 않냐고 요르단군한테 항의를 해 오더란다.

나는 요르단군이 자신들의 무기를 국경선에서 여러 번 팔아먹었다는 이야기를 들어 그것도 사실인지 물어보았다. 마빈은 그것은 사실이나 단 한 번 그런 일이 있었다고 했다. 인도네시아와 국경을 마주하는 곳에서 근무를 서던 두 요르단 병사들 사이에 갈등이 생겨 한 병사가 다른 병사의 M16 소총을 훔쳐 국경에서 팔은 적이 있는데, 이 단 한 건의 사고가 소문으로 전해지면서 부풀려진 것이다. 아예 요르단군은 자기들이 소지한 무기를 수익을 목적으로 파는 의식 없는 군인인 줄 알았는데 실상은 그렇지 않았다. 한 개인의 실수가 자신의 국가 이미지를 그렇게 흐려놓은 것이다.

마빈이 한다는 말이 "우리들끼리니 말인데, 요르단군은 돼지들같이 산다"고 했다. 게으르고 청소도 하지 않아 지저분한 것은 둘째치고 그들은 하루에 5번씩 돗자리 깔고 동쪽보고 절하면서도 포르노 영화는 밤을 지새워 본다고 흉을 보았다. 그러면서 한국군이 주둔하게 된 것을 환영한다고 하였다.

기다리던 에어콘 담당자는 오래도록 오지 않았다. 메시지만 남기고 부대로 돌아와서 어떤 장교들이 서로 이야기하는 것을 들었는데, 이미 우려했던 바와 같이 요르단군이 우리가 새로 설치한 화장실에 호리병 같은 것을 들고 자꾸 들어가 이에 대책을 의논하고 있었다.

 # 국경 통제소

상록수부대는 요르단 대대가 맡았던 책임지역을 인수하였다. 그
리고 기본적인 주거시설물들을 건축하면서, 한편으로는 작전활동을
펼쳤다. 앞서 말했듯이, 부대의 기본임무는 책임지역의 치안유지였
다. 따라서 상주작전과 로스팔로스에서는 없었던 임무인 5개의 국
경통제소(JP: Junction Point)를 운영하는 일은 부대의 임무수행 가운
데 가장 중요한 것이었다.

국경통제소와 상주작전 중대에서는 도보나 기동순찰을 하고,
태권도 교육, 영화 상영, 한국어 교육, 의료 지원을 하고 축구교
실을 열어, 지역 주민들로부터 높은 호응을 얻었다. 또한 차량과

△ 제2국경통제소 모습(오른쪽 멀리 언덕 중턱에 인도네시아군의 국경통제소가 보인다)

UN 헬기를 이용해 부대원들의 작전 투입과 복귀, 물자 재보급 등을 하였다.

매일 평균 200여 명의 주민들이 수시로 왕래하는 국경통제소에는 그 때도 긴장감이 돌았다. 가족들의 일부는 오쿠시에, 일부는 서티모르에 사는 경우가 더러 있었으며, 국경통제소에서 이들 떨어져 사는 가족들의 안타까운 만남을 볼 때면 한국의 이산가족들이 생각나곤 하였다.

태권도 교육은 매일 지역별로 백 명 이상이 참가했는데, 부대원들의 홍보와 주민들의 높은 호응으로 그 수는 점점 늘어만 갔다.

국경통제소와 상주작전 중대에서 매주 금요일 19시에 29인치 TV로 막사 뒤뜰에서 영화 상영을 실시했는데, 문화생활을 할 기회가 좀처럼 없기에 남녀노소를 가리지 않고 많은 주민들이 몰려왔다. 이들은 비가 올 때도 자리를 뜨지 않고 영화를 감상하였다.

△ 국경통제소 검문검색

△ 국경지역 수색정찰

민사활동

　책임 지역의 치안유지가 기본 임무이지만 실제로 주민들에게 도움을 준 것은 민사활동이었다. 민사활동은 부대원들과 주민들의 화합에도 많은 도움을 주었다.

　대표적인 민사활동은 3진 때부터 라우템에서 실시한 블루엔젤 작전이다. 12월 중순까지 라우템에서 실시된 이 작전은 부대 이동과 주둔지 건설 때문에 한동안 중단되었다가, 건설이 끝난 뒤 2002년 2월 5일 오쿠시의 비할라(Bihala) 지역에서 다시 시작되었다. 일주일에 두 번씩 촌 단위로 순회하며 봉사활동을 하는 것이었는데, 마을 규모에 따라 차이는 있지만, 평균적으로 농기구 정비에 40여 명, 의료 지원에 80여 명, 영화 상영에 300여 명, 이발 지원에 20여 명 등 한 번에 실시하는 작전으로 400에서 600여 명 정도의 주민들이 도움을 받았고, 구호품은 전체 가구를 대상으로 촌장 또는 지역 학교장 등을 통해 전달되었다.

　태권도 교육은 부대가 오쿠시로 이동하기 전부터 주민들의 관심 대상이었다.

　주민들은 부대가 라우템에서 실시한 태권도 교육에 대해 전해들어 익히 알고 있었다. 우리는 부대 이동 뒤 약 20일 동안 홍보를 하였고, 2002년 2월 1일 오쿠시 운동장에서 첫 태권도 교육시간을 가졌다. 첫날 128명이던 교육생은 10여 일 후인 2월 12일에는 630명으로 늘어났다. 그리고 이러한 참가자의 증가로 매일 4개 학급으로 나누어 교육하기에 이르렀다.

국경통제소와 상주작전 지역에서 실시되는 태권도 교육도 참여자가 꾸준히 늘어나 한 지역에 100에서 200여 명이 교육에 참가하였다.

2002년 2월 1일 오쿠시 지역에서 처음으로 실시한 영화 상영은 성공적이었다. 영화 상영에 앞서 군용 방송차를 타고 주둔지에서 반경 약 10km 내 마을 곳곳을 두루 다니며, 인도네시아어, 테튬어, 현지어(다완어)로 홍보활동을 대대적으로 펼쳤다. 이때 현지언론의 도움을 받아 현지인 두 명을 대동하였는데, 한 명은 얼마 전까지만 해도 오쿠시 지역의 '공주'였다. 공주병에 걸렸다는 게 아니고 실제로 공주였다. 하지만 환상을 가질 것은 없다. '아줌마 공주'였으니까.

로스팔로스와는 달리 주둔지가 단본부와 지원대로 나뉘어 있어, 상대적으로 작은 면적의 주둔지에서 영화관람을 하러 온 주민들을 모두 수용한다는 것은 무리였다. 따라서 오쿠시 시내 시클로리 농구

△ 태권도 교육

장에서 처음으로 영화 상영을 시작했는데, 성공적인 사전 홍보활동으로 약 2천여 명의 주민들이 참가하였다. 영화 상영 30분 전에 최신 한국 뮤직 비디오를 약 20분 동안 상영하여 주민들의 관심을 끌었고, 영화 시작까지는 한국 홍보용 영상물을 상영하였다. 주둔지에서 영화를 상영하던 때와는 달리 시내에서 벌인 활동인 만큼, 만약의 사태를 대비하여 영화 상영이 끝날 때까지 삼엄한 경계활동을 펼쳤다. 안타깝게도 그날도 영화 상영 중 비가 왔는데, 사람들 대부분이 영화를 끝까지 관람하였다

오쿠시에서도 주로 성룡이 주연한 코믹 액션물을 상영하였다. 보통 영어 아니면 중국어 대사와 한국어 자막이 나왔는데, 주민들은 알아듣지도 못 하면서 마냥 즐거워하였다. 한번은 한국영화 〈쉬리〉를 상영한 적이 있는데, 영화가 끝날 무렵에는 더러는 슬퍼하며 우는 주민들을 볼 수 있었다. 신기했다. 매주 영화를 관람하는 주민들의 수는 폭발적으로 늘어나 더 이상 시클로리 농구장에 인원을 다 수용할 수 없었기 때문에 상영장소를 오쿠시 운동장으로 옮겼다.

한국군이 블루엔젤 작전, 태권도 교육, 영화 상영 등을 통해 실질적으로 많은 도움을 주고 있지만, 주민들은 무엇보다도 부대원들이 그들을 친형제처럼 따뜻하게 대해주는 것이 가장 고맙다고 했다.

이 밖에도 부대는 주민들을 위해 축구골대 제작과 설치, 우기철 강에 빠진 차량 구난, 응급환자 후송, 서티모르에서 오는 귀환난민을 위한 임시수용소 설치 등 많은 대민 봉사활동을 펼쳤다.

◁ 영화 상영

▷ 골대 제작

◁ 응급환자 후송

 # 국경선의 지휘관 회의

　부대가 오쿠시로 이동한 뒤, 국경통제소에서 단장님 주관 아래 국경을 지키는 인도네시아군 지휘관과 국경선 지휘관 회의를 가졌다. 회의는 평화유지군 정보과장, 유관기관(UNTAET, CIVPOL, UNMOG 등) 대표, 동티모르 선거관리위원회 대표 등이 참가한 가운데 열린다.

　상록수부대 주관으로 2002년 2월 28일 최초로 개최된 이후, 주기적으로 열린 이 회의에서 국경을 마주하고 있는 인도네시아군과 임무수행에 따른 여러 가지 현안문제를 토의할 수 있었다. 이러한 부대의 노력은 책임 지역의 안정과 뒷날 있을 대통령 선거 무사히 치르는 데 크게 기여하였다.

△ 국경선 지휘관 회의 모습(왼쪽이 인도네시아 군)

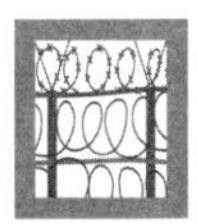 # 재보급 작전

　상록수부대 5진이 임무를 수행하는 동안 재보급을 위해 국내에서 해군 상륙함이 네 차례 오게 되었다. 이 상륙함으로 부대이동을 한 뒤 주둔지 건설에 필요한 건축 자재와 장병들의 생활필수품을 보급받았고, 재활용 군수물자를 본국으로 수송하기도 하였다. 이러한 재보급 작전은 부대 현지임무를 수행하기 위해 꼭 필요한 것이었다.

　수평선 저 멀리 우리 보급함이 보이기 시작하면, 곧 이어 입항을 위해 수심을 확인하는 쾌속정이 다가온다. 쾌속정이 태극기와 UN기를 펄럭이고 요란한 엔진 소리를 내며 물보라와 함께 해안 쪽으로 오면, 현지인들은 멋지다고 넋을 잃고 쳐다본다. 쾌속정이 육지 가까이에 이르면, 어린 꼬마들이 소리를 지르며 옷을 다 벗고는 쾌속

△ 대한민국 해군 상륙 재보급함 앞에서

△ 함상 공개행사

정 근처로 헤엄쳐 가서 물을 첨벙거리며 논다. 수심 확인이 끝나면 쾌속정은 모함으로 돌아가고 잠시 후 모함이 항구로 들어온다.

상록수 주둔지에서 먹는 식사는 야전지역의 식사치고는 일품이었다. 한 가지 아쉬웠던 점은 취사병들이 그 많은 장병들을 위해 김치를 담그기에는 너무 역부족이고 현지에서 적당한 재료를 구하지 못해 싱싱한 김치 대신 깡통김치를 먹었다는 것이다. 촬영차 보급선에 올라가 밥을 먹은 적이 있었는데, 다른 것은 몰라도 고국에서 가져온 김치 하나만은 환상적이었다. 잠시 이야기가 빗나갔는데 해외여행을 많이 한 독자들이 공감을 하지 않을까 해서 적어 보았다.

재보급을 성공적으로 끝낸 뒤 재보급함은 떠나기 전 주민들을 위한 함상 개방행사를 실시하고 주민들에게 구호품을 전달하기도 했다. 그처럼 큰 배가 오쿠시 항에 입항한 것을 처음 본 주민들은 매우 신기해하였고, 함상개방 행사 때 무리를 지어 와서 구경을 했다. 평소 맨발로 다니는 그들이 태양열에 달구어진 갑판 위에 올라와 걸을 때는 뜨겁다고 남녀노소 할 것 없이 팔딱팔딱 뛰었다.

더러는 그늘진 곳을 찾아, 더러는 철제 난간에 매달려 발바닥을 식혔다. 땡볕에 달구어진 아스팔트도 맨발로 다니는 그들인데, 역시 달구어진 철이 더 뜨겁긴 했나 보다.

내가 만난 일본 자위대

　동티모르에 참여한 평화유지군이 감축 일정에 따라 점차 철수하기 시작하였다. 2001년 11월 케냐 중대의 철수에 이어 12월에는 필리핀 대대가 철수하였고, 2002년 1월에는 요르단 대대가 철수하고, 상록수부대는 요르단 대대의 책임 지역이던 오쿠시로 재배치를 받게 되었다. 또한 싱가포르 의무지원반의 철수, 태국군 대대 감축이 이루어졌다. 2002년 3월에서 4월까지는 일본 육상자위대(육군) 공병대대가 파병되었고 방글라데시 공병대대와 파키스탄 공병대대가 철수하였고, 호주군 1개 중대와 포르투갈군 1개 중대가 감축되었다.

　오쿠시에는 일본 자위대 공병중대가 들어와 UN으로부터 부여받은 임무를 수행했는데, 이 때문에 일본군과 접촉이 잦아졌다.

△ 일본 공병중대 주둔지 모습

　한국군이 동티모르에 처음 파병된 것과는 달리 일본군은 앞서 얘기한 것처럼 동티모르 상륙이 처음이 아니었다. 태평양 전쟁이 끝나고 60여 년의 세월이 흐른 지금 일본군은 '대일본제국 군대'에서 '자위대'라고 이름만 바꾸고 다시 UN 평화유지군의 일원으로 동티모르에 들어 온 것이다. UN에서 일본 공병대대의 동티모르 파병이 확정되자, 딜리에서는 이에 항의하는 시위가 여러 차례 발생했고, 현지언론도 일본군의 파병을 반대하는 입장을 보였다. 그들은 아마도 '대일본제국 군대'에게 받은 엄청난 박해를 잊을 수 없었는지, UN 평화유지군의 일원으로 온 일본군을 받아들이기가 쉽지 않았나 보다. 오쿠시에서 우리 부대와 일본군 차량이 함께 이동할 때면, 주민들은 우리가 무안해 할 정도로 '꼬레아 빠구스'만을 연발했다. 일본군들은 동티모르인들의 민심을 사기 위해 꾸준히 노력하는 듯 보였다.

　날씨가 음침한 2002년 3월 어느 날, 일본 공병중대에 물자를 보

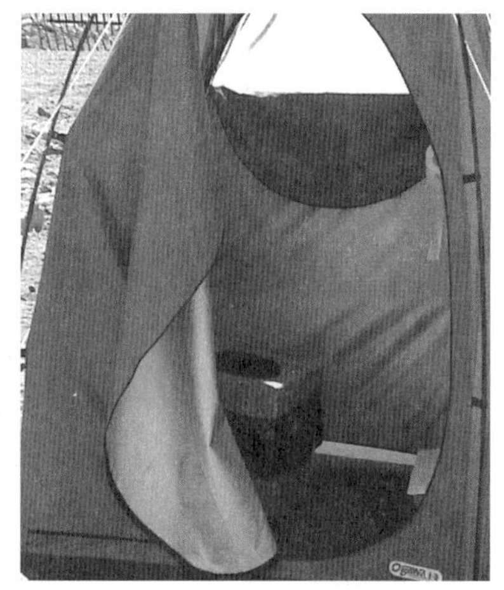

△ 일본 공병중대 주둔지 막사와 미니텐트 화장실

급하기 위해 일본 해상자위대(해군)의 '오오스미'라는 보급선이 한 척 들어와 이를 촬영하라는 명령을 받고 출동했다. 접안시설이라고는 보이지 않는 해변에 가보니, 배가 접안되어 있지 않은 상태였다. 시위하려는 목적이었는지 단순히 구경을 하려 했는지 분간이 안 가는 오쿠시 주민들이 여럿이 나와 있었다. 주민들의 돌발 사태에 대비한 호주와 미국 출신의 UN 민간 경찰들도 나와 있었다. 우리 단장님의 함선 방문이 계획되어 있어 단장님을 향하여 내륙 쪽을 촬영하는데, 갑자기 땅을 울리는 진동소리가 바다에서 들려왔다.

바다 쪽으로 고개를 돌린 나는 순간 깜짝 놀랐다. 전혀 예상치 못한 광경이 눈앞에 펼쳐지고 있었다. 바다 위에는 으스스한 위장색을 칠한 괴물 만한 크기의 공기부양정(LCAC)이 엄청난 소음과 바다폭풍을 일으키며 내륙을 향해 오고 있었다. 그리고 육지에 있던 일본

△ 일본 공기 부양정

군 차량은 효과음으로 경고 사이렌 소리를 울려주고 있었다. 이러한 공기부양정은 미국이 1960년대에 개발하여 월남전과 걸프전에서도 사용하였으며 현재 미 해병대 상륙작전의 핵심장비이다. 미국의 압력에 이런 장비들을 반 강제로 사게 되었는데 잔고장이 많아 골칫거리라는 게 일본군의 주장이었다. 국내에서는 2002년 3월 23일 포항 앞바다에서 실시한 한미 해병대 연합훈련에서 미군의 공기부양정을 선 보인적이 있으며, 우리 해군도 이를 보유하고 있다. 그러나 그때는 이 사실을 몰라 일본군의 공기부양정이 마냥 대단해 보였다.

육지까지 무식하게 밀고 올라온 그 거대한 공기부양정은 싣고 있던 트럭 같은 큰 차량과 건설장비를 내렸다. 멀리 보급선이 보였다. 지켜보니 우리 보급선이 접안했던 곳에 대도 될 것을 해상에 띄워 놓은 채 그 공기부양정을 왕복시켜 장비를 실어 날랐다. 내 생각에

△ 공기부양정 후미 프로펠러 앞에서(뒤에 보이는 흰색 차량은 대형 덤프트럭)

는 그들이 그렇게까지 불편한 작업을 할 필요가 없는 것 같았다. 그리고 일부러 그들의 국력을 과시하려는 듯한 인상을 받았다. 자존심 상하는 이야기지만, 솔직히 대단하다는 생각이 들긴 했다. 저쪽을 보니, 호주 출신의 UN 민간 경찰들은 주눅이 들었는지 아예 차에서 나올 생각을 하지 않았고, 이를 눈치챘는지 거기서 경계 근무를 서고 있던 일본병사들은 우쭐대며 히히덕거리고 있었다. 꼴 보기가 싫어 나는 그쪽으로 다가가 정중히 인사를 하고는 이것저것 궁금해 하는 듯 영어로 다짜고짜 물으니 영어를 잘 못하던 일본병사들은 쭈뼛대기 시작했다. 어느 책에서인가 일본인한테 일본어를 써주면 오히려 더 우쭐대고 영어로 밀어붙이면 기가 죽는다고 읽었는데, 그 말이 맞는 것 같다. 그 다음부터 그들은 나만 접근하면 슬슬 피하였다.

잠시 뒤 보급선을 방문하기 위해 단장님과 몇몇 상록수부대 장교

△ 내가 접근하자 갑자기 바쁜 듯 딴청부리며 자리를 피하는 일본병사들

들이 공기부양정에 오르는 모습이 보였다. 내가 따라 뛰어올라가자, 좌·우측 이마에 사마귀가 네 개쯤 돋은 얼굴 큰 일본군 한 명이 나한테 오더니, 자리가 부족하기 때문에 장교들만 태워야 된다고 하였다. 나는 내렸다가 문득 "이번 기회에 일본군용 공기부양정을 못 타 보면 언제 타 볼까?" 하는 생각이 들었고, 일본군 보급함은 어떻게 생겼을까 궁금했다. 그냥 돌아설 수 없다고 판단한 나는 대학 재학 시절 미녀들을 쫓아 다닐 때 자주 써먹다가 군입대로 한동안 진가를 발휘하지 못했던 '안면 철판 깔기' 작전에 들어갔다. 그냥 도로 뛰어가서 올라탄 것이다. 그리고는 상록수 장교들 틈에 비집고 들어갔다. 일본군이 내게 다시 와서 뭐라고 하면 나는 좀 알아듣게 말하라고 오히려 구박 한마디 해주고 당당히 퇴장할 작정이었다. 저쪽에서 출발을 하려던 일본군들이 갸우뚱거리는 모습이 보였다. '분명히 탑승인원 수를 맞추었는데……' 하는 눈치였다. 얼마 동안 자기들끼리 수군거리다가 다시 인원수를 맞추기가 민망했는지, 일본군 한 명이 내렸고, 공기부양정은 출발하려고 방향을 틀었다.

'안면 철판 깔기 작전'의 성공에 기뻐하고 있는데 몸이 들썩 올리어지는 것을 느꼈다. 성룡의 영화 〈홍번구〉에서도 볼 수 있듯 공기가 기체 밑 부분에 채워졌다. 육지를 벗어나 바다 위를 신나게 달렸는데, 타고 보니 별 것 아니었다. 헬기나 비행기를 탄 느낌이라고나 할까?

이윽고 바다 위에 떠 있던 보급선에 우리가 탄 공기부양정이 도착하여 그 안으로 들어갔다. 마치 영화 〈에일리언〉에서 우주선이 우주정거장에 도킹하는, 그런 느낌이었다. 갑자기 문이 열리고 괴물의 팔이 튀어나와서 놀라 자세히 보니 일본군의 팔이었다. 일본군이 문을 열고 나오라고 손짓을 한 것이다.

공기부양정에서 내린 우리는 통로를 통해 곧장 보급선 안으로 들어갔다. 들어가는 길목에는 화학 약품이 담긴 여러 용기가 있어, 여기에 발을 담궈 전투화를 소독하며 지나갔고, 이어서 손도 화학약품에 씻어서 소독을 했다.

그들이 실제로 깐깐한 것인지 괜히 뭐 있어 보이려고 그러는지 판단이 안 되었다. 배에 대한 간략한 설명을 들은 뒤 함상을 구경했는데, 내가 잘 몰라서인지 몰라도 한국의 보급선과 별 차이가 없어 보였다. 배 구경을 끝내고 우리 일행은 다시 공기부양정을 타고 바다를 가로질러 육지로 되돌아갔다.

주민 체육대회

상록수부대는 2002년 3월 31일부터 4월 12일까지 13일 동안, 오쿠시 지역 주민의 화합과 단결을 위해 '상록수 배'(ROKATT CUP) 제1회 축구, 배구경기 대회를 개최했다.

설명이 좀 늦어졌는데 동티모르에 있는 외국인들이나 현지인들은 상록수부대를 가리켜 '록뱃'(ROKBATT)이라 하였다. 무슨 말인고 하면 대한민국(Republic of Korea)의 영어 약자를 딴 'ROK'과 대대(battalion)의 줄임말 'BATT'을 합쳐 '록뱃'이라 부른 것이다. 다른 평화유지군들도 이런 식으로 지칭하는 경우가 많았다. 예를 들면

△ 주민체육대회를 위한 골대를 만들고 있는 부대원들

태국 대대는 '타이뱃'(THAIBATT), 호주 대대는 '오스뱃'(AUSBATT), 필리핀 대대는 '필뱃'(PHILBATT), 포르투갈 대대는 '포뱃'(PORBATT)으로 불렀다.

참고로 동티모르 UN 과도행정부는 동티모르를 크게 동부, 서부, 중부, 오쿠시의 4개 지역으로 나누어 임무를 부여했다. 내가 있던 2002년 4월까지 서부에는 호주 대대, 뉴질랜드 대대, 피지 중대 그리고 아일랜드 소대가 있었고, 딜리를 비롯한 중부는 포르투갈 대대가, 동부에는 태국 대대와 상록수부대 뒤를 이은 동티모르 방위군 1대대가 주둔하고 있었다.

체육대회 기간 동안 오쿠시 지역 주민들은 하루 평균 약 1,500여 명이 경기에 참가하거나 관람하였다. 부대는 먼 거리에서 오는 참가팀을 위한 수송차량 지원, 경기장 정비, 시상품(축구공·농구공·운

△ 주민 체육대회 시상식

동화·가방·축구화·스타킹 등) 지원 등 축구와 배구경기가 성공적으로 치러 지도록 많은 준비를 하였다.

그러나 내가 기억하기에 경기에 차질이 있었던 적이 한 번 있다. 때는 2002년 4월 6일, 동티모르 대통령 선거를 앞 둔 자나나 구스마오(Xanana Gusmao)가 사전 통보도 제대로 하지 않고 오쿠시 운동장에 나타나서 선거 연설을 하는 바람에 축구경기 시작이 지연되었다. 그 밖에는 아무 차질 없이 무사히 대회를 마쳤다.

우리나라에서 제17회 월드컵이 열리고 있는 동안 오쿠시에서도 그 지역 남녀 40개 팀 이상이 참가한 미니 월드컵대회가 열렸다. 공정한 경기운영을 위해 심판은 한국군에서 4명, 일본군에서 2명 그리고 지역 주민 가운데서 몇 명을 뽑아 보게 하였다. 무엇보다도 이 대회의 가장 큰 소득은 지역 주민들 사이에 친목이 돈독하게 된 것이다. 한국의 월드컵 4강진출 신화와 응원단의 열기가 바다를 건너 이 오지에까지 전달되었나 보다.

동티모르는 아직 아시아올림픽평의회(OCA) 회원국은 아니지만, 2002년 부산아시안게임에 옵서버 자격으로 참가했다. 선수단은 불과 29명밖에 되지 않는 최소인원이었고, 특별히 우수한 성적을 기록한 선수도 없었으나, 국내언론을 통해 마리아나 디아스 시메네스(20세)란 여자 마라톤 선수가 인상 깊게 소개된 적이 있다.

시합 전까지 하프마라톤(21.0975km)에 출전한 경험이 전부인 그녀는 체계적인 훈련은커녕 훈련기간도 한 달에 지나지 않아 시합 참가선수 가운데 꼴지로 들어 왔다. 다른 선수들은 자신의 발에 맞는 전용 마라톤화를 따로 주문제작해 신은 데 비해 그녀는 한국에서 구입한 일반 조깅화를 신고 달렸다는 것이 보는 이들을 안타깝게 했다. 난생 처음 뛰어보는 풀코스 마라톤에 일반화를 신고 도전하여,

눈물겹게 완주를 한 이 선수가 누구보다도 큰 박수를 받았음은 물론
이다.
　그들의 스포츠에 대한 열정이 나라의 발전으로 이어지기를 기대
해 본다.

8. 내일을 향하여

고국으로 가는 항공기는 이륙하였고, 장병
들은 너도나도 창문을 통해 마지막으로 동
티모르의 모습을 눈여겨 보았다. 나도 잠
시 생각에 잠겼다. 아쉬움이 남았다. 돌이
켜 보면 동티모르에서 좀더 부지런히 활동
하여 시간을 알차게 보냈을 수도 있었을
텐데……

상록수부대 UN 메달 수여식

    2002년 3월 18일 상록수부대 연병장에서 '위나이 파티야쿨' (Winai Phattiyakul) 평화유지군 사령관 주관으로 UN 메달 수여식이 열렸다.

    이날 행사에는 동티모르 평화유지군 각급 지휘관, 동티모르 방위군, 유관기관 대표, 동티모르 한국대표부 공사, 오쿠시 지역 행정관, 그리고 지역 주민 약 500여 명이 참석해, 메달을 받는 장병들을 축하해 주었다. 그리고 PKF 사령관의 메달 수여식 훈시가 있었다. 사령관은 상록수부대 5진 전 장병의 UN 메달 수상을 진심으로 축하

△ PKF 사령관에게서 메달을 받는 남인우 단장님(왼쪽)의 모습

하고, 그동안 완벽한 치안유지 활동과 민사작전으로 지역 주민들에게 높은 신뢰를 얻고 있다고 지난 상록수부대 활동을 평가했다. 또한 귀국하는 날까지 남은 기간에도 변함 없이 임무수행에 최선을 다해 줄 것을 바란다고 하였다.

메달 수여식에 이어 사물놀이 한마당, 동티모르 전통춤인 떼베떼베 공연이 있었고, 약 150여 명의 오쿠시 현지 태권도 교육생 시범과 하이라이트인 특공무술 시범이 진행되어, 행사 분위기는 더욱 무르익어 갔다.

상록수부대가 오쿠시에 주둔한 기간이 길지 않아, 사물놀이 공연은 현지 주민들에게 꽤 낯설고 이색적인 것이었을 것이다. 이날의 공연은 주민들에게 신선한 문화체험이 되었다.

떼베떼베는 단조로운 리듬이 계속 반복되는 음악에 맞추어 추는 춤으로, 지역에 따라 특색이 있어 오쿠시의 것은 로스팔로스와 사뭇 달랐다. 공연시간은 대체로 10분에서 20분 정도이고, 공연단은 보통 18명으로 이루어진다. 공연복장은 '라린라우'(Larin Lau)라는 전통의상이고, 여성들은 '빠야'(Paya)라는 목걸이나 '오쪼히'(Ocohi)라는 팔찌, '레수'(Lesu)라는 손수건을 양손에 들고 공연을 한다.

태권도 시범에는 한국 태권도 교관에게 수련받은 500여 명의 오쿠시 태권도 수련생들 가운데 150여 명이 참가하였다. 배운 기간이 오래지 않았음에도, 집에 가서 태권도만 연습하는지 실력이 수준급이었다.

그들이 입은 태권도복은 국내 여기저기에서 기부받아 나누어 준 것들이어서 앞에서 보면 한결같았으나, 그들이 뒤로 돌아서면 등에 전국 태권도장들 이름이 가지각색으로 적혀 있었다.

특공무술 시범은 행사의 하이라이트였다. 특전사들이 웃통을 벗

◁ 떼베떼베 공연

▷ 태권도 수련생
시범

◁ 사물놀이

△ 특공무술 시범

어 단련된 몸을 과시하며 단전호흡을 한 뒤, 대검을 가지고 전원이 일관된 동작으로 공격 시범을 보여 주었다. 이어지는 순서는 온몸을 이용한 차력 시범과 벽돌, 합판, 맥주병 격파였는데, 마지막 격파는 온몸을 날려 머리로 기왓장을 격파하는 미사일 격파인데, 이는 보는 이들의 마음에 깊은 인상을 심어 주었다. 힘찬 기합과 함께 전력질 주를 한 특전사들은 온몸을 날려 공중에서 일자로 유지하고는 그대로 머리를 기왓장에 들이받았다. 아니 꽂았다는 표현이 더 정확하겠다. 기왓장은 박살났고, 기왓장을 받치고 있던 3명의 특전사들은 공중으로 날아 올랐다가 잠시 뒤 한 무더기로 땅에 떨어졌다. 그와 함께 여기저기서 탄성이 터져 나왔고 나는 그 장면을 바로 앞에서 촬영하다가 온몸에서 전율을 느꼈다. 정말 멋졌다. 그리고 이로써 행사는 종료되었다.

180

△ 미사일 격파

　나중에 이 행사를 관람한 주민들이 말하기를 미사일 격파를 보기 전까지는 한국군이 마냥 따뜻하고 친절한 줄만 알았다가, 이렇게 무서운 모습을 보고 충격을 받았다고 했다.

　UN 메달 수여식이 끝나고 얼마 동안 우리는 의무대에서 파스를 구할 수 없었다.

 # 한·미 연합 의료 지원

2002년 4월 3일부터 이틀 동안 미국군 유스겟(USGET: U.S Support Group in East Timor) 의료 지원단이 상록수부대 의료진과 합동으로 오쿠시 주민 의료 지원에 나섰다. 미국은 주로 인도네시아에 군사적 행동이 아닌 외교적 압력만을 행사하다가 INTERFET이나 UNPKF같은 전투부대가 아닌 유스겟이란 이름의 지원부대 파견으로 건설자재의 수송, 의료 지원이나 협조를 통해 UNTAET에 영향력을 넓혀갔다. 이는 미군 태평양 사령부 예하의 동티모르 지원부대로서 육·해·공군, 해병대 현역과 예비역으로 구성되었다.

4월 4일 '리파우'(Lifau)라는 지역에서 블루엔젤 작전 촬영지시를 받아 유스겟 의료팀을 만났다. 그날 블루엔젤 작전에는 대박이 터졌

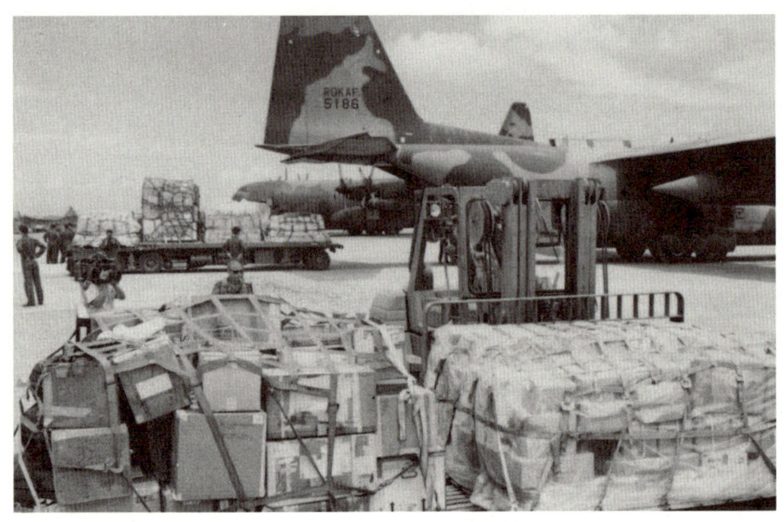

△ 의료약품을 공수해 온 한국 공군의 C-130 허큘리스 수송기에서 물건을 하역하는 모습

다. 주민들이 도로를 따라 줄을 지어 섰는데 말 그대로 끝이 보이지 않아 카메라에 모두 담을 수 없을 정도였다. 이날 약 1,500명으로 집계되는 지역 주민들이 참여하였다.

그날 유스겟 진료팀의 팀장인 자비에르 아브리에우(Javier Abrieu) 소령은 상록수부대 블루엔젤 작전 팀이 펼치는 수준 높은 대민지원 활동을 지켜보고 극찬을 아끼지 않았다.

그러면서 덧붙여 재미있는 이야기를 들려 주었다.

미공군에는 '선더버드'라는 공중 곡예팀이 있고 미해군에는 '블루엔젤스'라는 공중 곡예팀이 있어 처음에 '블루엔젤'이란 말을 들었을 때 미해군의 공중 곡예팀이 떠올랐다고 했다. 1946년 F8F 비어캣 레시프로 전투기로 곡예비행을 시작한 블루엔젤스팀은 이후 F9F 팬서 제트전투기로 기종을 전환하면서 제트화했는데, 1950년 한국전쟁의 발발로 블루엔젤스 소속 조종사들이 참전하는 바람에 전쟁기간 동안 잠시 활동을 멈추기도 했다고 한다.

블루엔젤스팀은 1971년 여름 F-4 팬텀 전투기로 한강철교 상공에서 곡예 비행을 한 적이 있었다.

참고로 블루엔젤스 지상팀의 복장은 청색이며, 선더버드팀은 빨강색이다.

자비에르 소령은 이어서 이제부터는 '블루엔젤'이란 단어를 들으면 무엇을 떠올려야 할지 알았다며 씨익 웃었다.

 # 그리운 고국으로

어느덧 6개월 동안의 동티모르 파병기간이 화살같이 지나, 우리가 귀국할 날짜가 다가왔다. 부대 인원은 제1제대와 제2제대로 나뉘어 귀국길에 올랐다. 나는 제2제대로 편성되어 귀국을 하게 되었다.

2002년 4월 23일, 우리는 먼저 바우카우 공항으로 가야 했는데, 나는 오전 7시 50분 헬기를 타서 한 시간이 조금 넘은 9시 5분 바우카우 공항에 도착했다. 도착해 보니 상록수 공병이 오쿠시에서 귀환 난민들을 위해 지어 준 것과 비슷한 흰색의 UN천막에서 하루를 지

△ 바우카우 공항 대기용 천막 모습

내고 그 다음날 비행기로 귀국하기로 예정되어 있었다. 그날은 특별히 할 일도 없었고, 한없는 기다림의 연속이었다. 어서 빨리 다음날이 오기를 바라며 기나긴 하루를 보냈다.

다음날 아침 바우카우 공항 활주로에는 요란한 소리를 내며 대한항공 비행기가 착륙하였다. 모두들 아이들처럼 환호성을 질렀고, 상록수 제6진 장병들이 내리는 모습이 보였다. 나는 동티모르에 도착한 첫날을 회상해 보았다. 그때 4진 장병들의 귀국하는 심정을 이해할 수 있을 것 같았다.

드디어 대기 시간이 지나고 탑승을 시작하였다. 기내의 여승무원들이 우리를 반갑게 맞았다. 벌써 고국에 온 것 같았다. 잠시 뒤 항공기는 이륙하였고, 장병들은 너도나도 창문을 통해 마지막으로 동티모르의 모습을 눈여겨 보았다. 나도 잠시 생각에 잠겼다. 아쉬움

△ 바우카우 공항에서 고국으로 출발하려는 KAL기에 탑승하면서

이 남았다. 돌이켜 보면 동티모르에서 좀더 부지런히 활동하여 시간을 알차게 보냈을 수도 있었을 걸 하는 생각이 들었다.

비행기는 1시간을 넘게 날아 재급유와 승무원들 교체를 위해 인도네시아 '발리'(Bali)에 착륙했다. 약간의 휴식시간이 주어져 공항 면세점으로 향했다. 국내 건설업체가 지었다는 발리 공항은 상당한 수준의 국제공항이었다.

내가 놀란 것은 면세점을 하나하나 돌아다니면서였다. 그래도 국제공항 면세점이었는데 가짜 물품들이 즐비했다. 부모님께 드릴 귀국 선물을 살까 돌아보았는데 음반점의 음반이나 영상물, 고급시계, 고급 선글라스, 고급의류 등 모두가 가짜였다. 부모님께 잘못 드렸다간 불효자 소리를 들을 판이었다. 영화가 담긴 DVD나 VCD는 아예 표지가 컴퓨터에서 복제, 인쇄된 것으로 가짜 표시가 뚜렷이 났다. 폴로 매장에 할인이라 붙어 있어 가 보았더니 가격은 쌌는데 상표에 말 타는 사람 머리가 없었다. 기가 찼다. 한국 관광객 가운데 행여나 이런 가짜 물품들을 속아서 사지 않았으면 하는 것이 내 바람이다.

시간이 되어 다시 비행기에 올라 곧장 한국으로 향했다. 기내에는 특별한 잔치가 준비되어 있었다. 그날 생일을 맞은 사람을 위해 생일 케이크가 준비되어 있었다. 그리고 기내에 있는 모든 장병들이 일제히 생일축하 노래를 부르며 축하해 주었다. 생일을 맞은 사람은 많은 사람들의 축하를 받으며 '공중 생일파티'를 벌인 셈인데, 돈을 주고도 할 수 없는 생일파티였다.

그것을 보고 나는 '앞으로 비행기 여행은 내 생일날로 예약해야겠다'고 생각했다.

기내영화나 책을 보고 잠도 청해보곤 하면서 손목시계를 자꾸 쳐

다보게 되었다. 도착시간이 다가올수록 시간은 더 더디게 흐르는 것
같았다.

　드디어 한국땅에 도착하자 부대원들은 일제히 환호성을 지르며
박수를 쳤다. 그렇다! 드디어 지난 파병의 날들은 꿈같이 지나가고,
기다리던 가족의 따뜻한 품으로 오게 된 것이다.

☀ 영광의 날

　2002년 5월 20일 0시, 수도 딜리 인근의 타시톨로 광장에는 전국 각지에서 몰려든 20만여 명의 동티모르인들, 국제기구와 87개국에서 찾아온 외빈 700여 명 등이 10만㎡의 광장을 꽉 채우고 있었다.

　"이제 동티모르 국민과 세계 시민 앞에 동티모르가 독립국가임을 선포한다!"

　프란시스코 구테레스 초대 국회의장의 이 우렁찬 외침에 이어 환성과 휘파람, 박수소리와 북소리가 그칠 줄을 몰랐다.

　그리고 지난 2년 동안 동티모르를 대신 관리해 주던 UNTAET의

△ 2002년 5월 20일 독립기념 행사 모습(딜리 시가를 행진하는 동티모르 방위군 군악대)

상징인 UN기가 내려오고, 고난을 상징하는 검은색, 피 곧 투쟁을 의미하는 붉은색, 번영을 나타내는 황색, 그리고 영광과 희망을 의미하는 흰색 별이 어우러진 동티모르기가 올려졌다. 동티모르가 드디어 독립국가로 국제사회에 등록하는 순간이었다.

나는 그때 한국에서 동티모르 파병 특별휴가 마지막 날을 보내며 TV로나마 그 감격스러운 순간을 볼 수 있었다.

TV에서 딜리의 모습을 보니 마치 집을 나서서 달려가면, 금방 딜리에 도착할 것만 같았다. 얼마 전까지만 해도 카메라를 들고 거리를 누볐던 터라 TV 화면만으로도 현장의 느낌을 생생히 알 수 있었다. 직접 만난 적이 있던 구스마오 대통령을 비롯, 내가 만났던 몇몇 사람들의 얼굴이 비치어 반갑기도 했다.

이날 참가한 87개국 경축사절단 가운데는 과거 동티모르를 통치했던 포르투갈과 인도네시아의 대통령들이, 미국에서는 빌 클린턴 전 대통령이, 호주와 몇몇 나라에서는 총리가, 그리고 우리나라에서는 이홍구 대통령 특사를 비롯한 사절단 등이 있었다.

우리 사절단 가운데는 파병 전 강사로 초빙되어 현지적응에 도움이 되는 정보를 전해주기도 했던 손봉숙 씨도 있었다. 앞서 얘기했듯, 그는 과거 동티모르의 독립을 묻는 찬반 투표를 감독했고, 제헌 의회의원 선거관리위원장이었다. 그는 99년 9월 4일 기자회견에서 독립 찬반투표 결과를 발표한 뒤, 차를 타고 UN단지로 가던 길에 독립을 반대하는 친인도네시아계 민병대의 복면괴한들 6~7명에게 총격을 받았다. 이때 구사일생으로 목숨을 건진 그는 '독립이 이렇게 어렵구나. 인권 사각지대인 동티모르를 국제사회가 지키지 못한다면 인류 전체가 부끄러워할 것이다'고 생각하였고, 독립국가 탄생을 위해 모든 노력을 아끼지 않기로 결심했다고 뒤에 썼다. 그렇게

사선을 넘으며 건국사업에 공헌을 해서인지, 손봉숙 씨는 독립선포
식이 진행되는 동안 귀빈석에서 눈물을 흘리고 말았다.
　단상 위에서는 구스마오 대통령, 구테레스 국회의장, 마리 알카
티리 총리 등 국가지도자들이 감격의 악수를 나누었다. 이어서 오전
1시쯤 펼쳐진 불꽃놀이는 행사의 분위기를 절정에 달하게 하였고,
"Viva! Timor Lorosae"(아침 해가 떠오르는 티모르)란 구스마오 대통
령의 마지막 구호를 끝으로 이날의 행사는 끝을 맺었다.

신생국의 고민거리

21세기 최초의 신생국 동티모르는 어떤 면에서는 한국과 유사한 점이 많다. 기간의 차이는 있지만 외세에 식민지 지배를 당한 것이 그러하고, 규모의 차이는 있지만 동족상잔의 비극을 가지고 있는 점이 그러하다.

정부 수립 직후의 상황도 한국과 유사점이 많다. UN의 감시 아래 선거를 치러 제헌의원을 뽑아 나라를 세운 점, 해외로 망명했던 지식인들이 독립을 맞아 귀국해 나라 권력 상층부를 차지한 점, 그리고 식민지 시절 지배국의 앞잡이로 활동하고 동족을 학살한 사람들에 대한 처리로 고민하는 모습 등을 그 예로 들 수 있겠다. 어쩌면 그래서 한국국민들이 동티모르를 그렇게 안타깝게 여기는지도 모르겠다.

비록 세계인의 주목과 축하를 받으며 독립선포식을 치르긴 했지만, 동티모르는 아직 풀어야할 숙제가 너무 많다.

여기서는 크게 몇 가지만 다루고자 한다.

첫째, 아직도 치안이 불안하다. 2001년에 국군과 경찰이 창설되긴 했지만, 아직까지 자력으로 치안을 맡기엔 역부족이다.

독립선포식이 있기 3일 전인 2001년 5월 17일, 딜리 앞바다에 무장군인을 태운 인도네시아 군함이 들어왔다. 이를 본 동티모르 주민들은 또다시 긴장하였다. 이 군함의 진입 소동은 인도네시아군의 '무력시위'로 판명났다. 독립선포식에 참석하는 인도네시아 대통령을 경호한다는 핑계로 은근히 인도네시아의 위력을 과시한 것으로

보인다. UN 평화유지군의 한 장교는 '인도네시아가 옆에 있음을 동
티모르 국민들에게 각인시키려는 의도'로 보인다고 전했다.

구스마오 대통령도 이러한 인도네시아의 위협을 의식하여, 인도
네시아와 원만한 관계를 유지하려 하고 있다. 독립선포식에 메가와
티 수카르노푸트리 인도네시아 대통령을 먼저 초청한 것도 구스마
오 대통령이다. 인도네시아 대통령과 미소지으며 나란히 행사장에
입장한 것은 다분히 정치적인 연출이 아닌가 하는 생각이 든다.

2002년 12월 4일에는 시위대와 경찰의 충돌로 두 명이 숨지는
유혈폭동이 빚어지자 국가비상사태와 통행금지령이 내려졌다. 동
료학생들을 체포한 경찰에 항의하는 학생들의 시위가 벌어지자, 여
기에 시민들이 가세해 시위대는 수천여 명으로 불어났다. 이런 혼
란스런 상황을 틈타 일부 시민들이 호텔과 상점을 약탈하고 외국인
소유 수퍼마켓에 불을 지르는 등 난동을 부리자, 경찰은 시민을 향
해 발포하여 두 명이 숨지고, 여러 명이 부상당하는 참혹한 상황이
발생했다.

이에 UN은 당분간 평화유지군 소속 군병력 5천여 명과 경찰
1,250여 명을 주둔시켜 동티모르 국경수비와 치안유지를 지원할 계
획이지만, 마냥 UN에만 기댈 수는 없는 노릇이다. 이렇게 치안이
제대로 되어 있지 않으면, 국가건설에 필요한 외국자본을 끌어들이
는 데도 무리가 따를 수밖에 없다.

둘째, 동티모르에는 돈이 없다. 국가 재정 수입도 전무에 가깝고
현재 커피농사를 제외하고는 이렇다 할 산업이 전혀 없어 실업률이
70%에 이르고 있다. 국민들은 돈이 없어서 아이들에게 양질의 교육
을 시킬 수도, 병원에 가서 제대로 치료를 받을 수도 없는 실정이다.
1999년부터 시작된 해외원조로 들어온 돈과 물자는 정부관리들이

가로채는 바람에 국민들은 그다지 혜택을 받지 못하는 듯하다. 사람들이 정상적인 생활과 경제활동을 할 수 있도록 하는 것이 급선무다. 다행히 티모르섬과 호주 사이에서 거대한 해저유전이 이미 발견되어 미국 등 27개국과 15개 국제기구 대표들이 모여 2002년 4월 14일 딜리에서 회담을 갖고, 동티모르 해저원유, 가스가 본격적으로 생산되는 2005년까지 4억 4000만 달러를 지원키로 합의한 바 있어, 경제 상황이 가까운 미래에 상당히 밝아질 것으로 예상된다. 그러나 국제 이해관계가 복잡한 이 시대에 무엇을 보장할 수 있는지, 정작 동티모르 국민들에게는 얼마나 돌아갈 것인지는 미지수다.

구스마오 대통령은 2002년 5월 말, 서울을 방문하여 월드컵 개막식에도 참석하였고 우리나라 인사들과 만남을 통해 동티모르의 경제발전 계획에 우리나라 기업이 참여할 것을 요청하기도 하였다.

셋째, 동티모르 건국과정에서 가장 어려운 문제 가운데 하나는 공식언어를 결정하는 것이 아닌가 생각한다.

동티모르에서는 공식행사를 비롯하여, 언론매체에서도 복수언어가 사용된다. 예를 들어 독립선포식에서 구스마오 대통령은 취임사를 영어로 연설한 뒤 테튬어로 한번 더 하였고, 국회의장은 독립선언문을 포르투갈어로 낭독했다.

인구의 60%가 현지어인 테튬어로 의사소통이 가능하지만 테튬어는 어휘가 부족하고 문법도 정리되지 않아, 공식언어로 사용하는 데 많은 무리가 있다. 그렇다고 지방별로 심한 방언을 공식어로 채택하는 것은 더더욱 있을 수 없는 일이다.

현재 동티모르의 공식언어는 포르투갈어이다. 이는 제헌의회 의원 등 국가지도자의 선택에 따른 것이다. 인도네시아와 싸워 독립을 쟁취한 지도자 가운데는 포르투갈 식민지 시절 포르투갈에 유학가서 교육을 받고 온 경우가 많다 보니, 그들은 포르투갈을 모델로 동티모르의 법과 행정의 기반을 만들려고 한다. 30대 이하의 젊은 세대는 대부분 인도네시아어를 구사하지만, 앞으로 세계 속에서 중요성이 점점 커져가는 영어를 왜 공식어로 채택하지 않았느냐고 불만을 표시한다.

현재 포르투갈어는 포르투갈 본국과 브라질 그리고 옛날 포르투갈 식민지에서 독립한 아프리카의 몇몇 가난한 나라들만이 사용하고 있다. 따라서 앞으로의 국제적 상황을 생각해 볼 때 동티모르가 포르투갈어를 공식어로 택한 것이 국가 발전에 커다란 걸림돌이 되지 않을까 걱정이다. 이 또한 치안문제와 같이 외국 회사들의 투자를 어렵게 하는 요소이다.

마지막으로, '독립이냐, 인도네시아 내 잔류냐?' 하는 문제를 놓고 벌인 동족상잔이라는 비극의 후유증이 사라지는 데 상당한 시간과 조력이 예상된다는 점을 들 수 있다.

인도네시아에서는 국제여론을 의식하여 2002년 5월 14일부터 1999년 유혈사태에 연루돼 기소된 전범들에 대한 재판을 시작했다.

구스마오 대통령은 동족을 학살하고 서티모르로 도망가 있는 친인도네시아 민병대의 행위를 국민의 화합을 위해 용서하고 사면하겠다고 발표했지만, 독립을 위해 큰 희생을 치른 프레틸린의 일부 회원과 지지자들은 동족을 학살한 자들을 반드시 법정에 세워야 한다고 주장하고 있다.

대한의 건아로서

동티모르 참사 직후인 1999년 10월, 한국군 역사상 전투부대로는 처음으로 UN기를 휘날리며 동티모르에 도착한 상록수부대는 지난 3년여 동안 주민들에게 '달라이 무띤'(다국적군의 왕), '코레아 빠구스'(한국 최고)라고 불리며 한국이 그들의 '친구 국가'라는 인상을 강하게 심어 주었다.

이러한 한국군의 파병이 처음부터 순조롭게 이루어진 것은 아니다. 상록수부대의 파병 결정이 있기 전, 인도네시아 현지 교민들은, 한국군의 동티모르 파병 때문에 인도네시아 정부로부터 받을 불이익을 예상해 국내 신문에 파병 반대광고를 싣는 등 적극적으로 파병을 반대했다. 또한 야당은 현지 민병대와 교전 가능성, 그리고 인도네시아와 외교문제 및 교민 안전문제 등을 걱정하여 전투병 대신 공병이나 의무부대를 파병하자는 대체안을 제시하기도 하였다. 뜨거운 논쟁 속에 결국 전투부대 파병이 결정되었고, 세월이 지난 이 시점에서 보면 그것이 얼마나 옳은 판단이었는지 알 수 있다.

평화유지 활동은 세계평화에 기여하고 국위선양을 할 뿐 아니라, 그 지역의 재건을 위해 세계은행 등 많은 단체에서 자본이 유입되기 때문에 직접적인 국익을 창출할 수 있고, 평화유지활동에 소요된 비용은 유엔경비 보존절차에 따라 보상을 받는다. 또한 활동에 참여한 병사들한테는 값진 해외경험의 기회를 제공하기 때문에 여러모로 국가에 이익이 된다고 생각한다.

초기의 평화유지 활동은 분쟁 지역에 군 감시요원을 파견, 정전 상태를 감시하는 군 위주의 활동이었으나, 오늘날에는 민, 관, 군, 경이 함께 참여해 군은 지역의 평화와 안정을 정착시키는 임무를 맡고 있다. 민간경찰, UN의 기관, 지역단체, 세계은행, NGO 등 다양한 민간단체들은 서로 협조를 통해 건전한 민주정부가 수립될 수 있도록 법이나 제도 등의 정비와 정부 구성을 지원한다.

추가적인 활동으로는 치안유지, 파괴된 곳 복구, 인도주의적 지원, 인권 감시, 교육 제공 등이 있으며, 이는 사회의 전반적인 재건을 도와주는 구실을 한다.

한국이 군부대 위주로 평화유지 활동을 벌이는 반면, 다른 UN회원국들은 평화유지 활동에 민, 관, 군, 경을 함께 참여시키고 있다. 비록 우리의 해외 파병 인원이 현재 세계 27위를 유지하고 있다고는 하나 한국이 1991년 9월 12일, 비교적 늦게 UN에 가입하였고 같은 해 9월 24일 UN으로부터 평화유지 활동 참여에 관한 권유를 받은 것을 고려해볼 때 한국군의 평화유지 활동의 범위와 규모는 앞으로 계속 증가할 것이라 예상된다.

막상 책을 마무리하려고 하니 동티모르 해안을 따라 끝없이 펼쳐진 푸른 바다가 눈앞에 다시 보이는 듯 하다.

돌이켜 보면 한순간의 꿈처럼 느껴지는 동티모르에서 보낸 시간들!

나는 대한민국 군인임에 무한한 자부심을 느끼고, 일반 병사 신분으로 세계평화 유지군의 일원으로 세계평화에 이바지할 수 있게 해준 동티모르 파병이라는 기회를 매우 영광스럽고 자랑스럽게 생각한다.

상록수의 혼

동티모르를 다녀온 지 1년이 다 되어갈 무렵인 2003년 3월 어느 날, 불행한 소식을 듣게 되었다.

3월 6일 오후 3시 20분쯤 오쿠시 지역에서 지프 두 대를 타고 '에카트' 강을 건너던 상록수부대원 5명이 급류에 휘말려 실종되었다는 소식이었다. 에카트 강은 강폭이 좁고 수심이 얕아 평소에는 차량으로 건너다닐 수 있으나, 우기에는 시간당 400mm 이상의 폭우가 쏟아져 강폭이 300m까지 넓어지기 때문에 차를 타고 건널 수 없다고 알려져 있다. 나는 직접 보지는 못했지만 이는 열대지역에서 흔히 있는 일이라는 경험자의 이야기를 들은 적이 있다.

합참 관계자의 말에 따르면, 이들은 부대 본부에서 60km 떨어진 상주중대로부터 발전기가 고장났다는 연락을 받고 이를 수리하기 위해 두 대의 차량을 타고 가고 있었다. 그런데 강을 건너는 도중에 앞 차량이 멈추자 뒤 차량에 타고 있던 장병들이 내려서 멈춘 차량을 밀다가 폭우로 불어난 급류에 휩쓸린 것으로 보인다고 전했다. 그리고 얼마 뒤 실종된 5명 가운데 김정중(22세) 상병을 제외한 민병조(38세) 소령, 박진규(35세) 소령, 백종훈(23세) 상병 그리고 최희(22세) 상병의 사망 소식이 전해졌다.

3월 12일 오전 10시 현지 유엔평화유지군 사령부 광장에서는 이들을 위한 영결식이 치러졌다. 이날 영결식에는 까마레시 슈르마 유엔사무총장 특별대사와 임병호 주동티모르 대사, 알카프리 동티모르 총리, 국방장관과 방위군 사령관, PKF 사령관, 동티모르 주재 각국 대사와 상록수부대원, 현주민 300여 명이 참석해 순직 장병들의 넋을 위로했다. 이날 딜리에서는 건물마다 조기를 게양했고 각 지역 성당에서는 6일 밤부터 철야 촛불기도가 계속되었다고 한다.

그들의 유해는 14일 인천국제공항을 통해 한국에 들어와 17일 오전 서울 동작동 국립현충원에서 합동 영결식을 치렀다.

이날 치러진 합동 영결식에는 고건 국무총리, 조영길 국방부장관, 이남신 합참의장, 각군 참모총장, 찰스 캠벨 미8군사령관 등의 한·미군 고위장성과 유가족, 친지, 동료, 전우 등 천여 명이 참석하여 고인들의 명복을 빌었다.

순직장병들은 1계급씩 특진되어 영결식을 마친 오후에 대전 국립현충원으로 옮겨져 영면에 들어갔다. 육군은 이날 하루 동안 전 부대에 조기를 걸고 고인들의 명복을 빌었다.

블루엔젤 작전 촬영 등을 위해 자주 건너 아직도 기억에 생생한 그 강에서 그런 사고가 일어났다는 것이 믿겨지지 않았다. 고인이 된 순직장병들을 개인적으로 알지는 못했지만, 같은 상록수부대 일원으로서 그들의 희생에 안타까움을 느꼈다. 세계평화 유지활동을 위한 그들의 고귀한 희생이 동티모르 땅에 상록수의 혼이 되어 영원히 피어나기를 바란다.

부록

1. 동티모르인의 눈에 비친
   상록수부대 모습
2. 국내외 언론에 소개된
   상록수부대 5진 활동
3. 참고문헌
4. 기타 참고자료

1. 동티모르인의 눈에 비친 상록수부대 모습 – 이렇게 생각합니다.

제가 살고 있는 이곳 동티모르는 1999년 내전으로 대부분의 건물이 파괴되는 등 많은 피해를 입었습니다. UN 평화유지군의 일원으로 참여한 한국군이 라우템 지역의 치안유지와 민사활동을 담당하면서 처참한 고통에서 벗어날 수 있었습니다. 이제 우리는 다시 일어설 수 있다는 희망에 부풀어 있습니다.

당시의 상황은 정말 끔찍했습니다. 사람들이 가족들의 시체를 끌어안고 우는 소리가 사방에서 울려 퍼지고……. 지금도 당시의 참혹했던 순간의 기억이 날 때면, 온몸이 부들부들 떨리고 불안과 공포를 느끼곤 합니다. 동티모르 젊은이들이 많은 사람들이 지켜보는 가운데 살해됐고, 그 중에는 제 친구들이 포함되어 있습니다.

이 땅에서 다시는 일어나서는 안 될 정말 엄청난 일이었습니다.

이윽고 사태를 수습하기 위해 유엔 평화유지군이 동티모르에 온다는 소식을 라디오 방송을 통해 전해들었습니다. 저는 유엔군의 도움으로 이 땅에 정의가 지켜지기를 갈망했고, 제가 생활하고 있는 이곳 로스팔로스 지역이 조기에 안정을 되찾길 기대했습니다.

한국군은 1999년 10월 로스팔로스에 도착했는데, 제가 한국부대에서 일할 줄은 꿈에도 생각하지 못했고, 곳곳에 살인, 방화, 약탈이 있었던 터라 외국부대에서 일한다는 것이 너무 낯설게만 느껴졌습니다.

한국군과 함께 생활하면서 한국의 문화, 관습, 행동 등 모든 것이 어색하기만 했지만 시간이 지나면서 자연스럽게 이해할 수 있었습니다.

저는 어학 도우미로 한국군이 라우템 일원에서 추진하는 블루엔젤 작전을 할 때 동행하여 통역하는 일을 해 왔습니다. 한국에서 선발되어 온 군인들과 함께 일한다는 데 긍지를 갖고 동티모르인으로서 최소한의 자존심을 지키기 위해 누가 지켜보지 않아도 절도 있는 생활을 해 왔습니다. 이곳에서 생활한 지도 벌써 2년이 지났고, 지금은 한국군 부대 공보과에서 저의 친구인 아벨과 함께 번역업무를 담당하고 있습니다.

저는 한국 사람들과 오랫동안 일하면서 이들이 굉장히 부지런한 사람들이라는 것을 느낄 수 있었습니다. 함께 일하는 공보과 사람들 가운데는 소령 한 분, 대위 한 분이 있고 나머지는 아직 미혼인 제 나이 또래의 건강한 청년들입니다. 이들은 개인마다 2∼3가지 일을 동시에 수행하는데, 하루 24시간이 부족한 듯합니다. 홍보자료 작성, 사진·비디오 촬영, 번역, 영화 상영, 신문 제작에 이르기까지 정말 여러 가지 일을 하며 쉴 틈 없이 바쁘게 움직이는 모습을 지켜보곤 합니다. 로스팔로스 라디오 방송국과 협조하여 한국 소개 방송을 매일 하는데, 저는 영어로 된 내용을 현지어로 번역하고, 한국군 부대에서 발행하는 신문 제작에도 도움을 주고 있습니다.

저는 이들이 정말로 부지런하고, 똑똑하고, 개인적으로 잘생겼다고 생각하지만, 웬지 이상한 것은 사무실 밖으로 잘 나가질 않고, 무엇인가를 작성하고, 만들고, 붙이는 등 굉장히 분주하게 하루를 보내는 것입니다. 제가 경험한 많은 것 가운데 한국군의 팀웍은 가장 멋있는 것이었습니다. 그리고 상관에게 절대적으로 복종하는 모습을 엿볼 수 있었습니다. 이곳에서 오랫동안 일하다 보니 한국군과 다른 군대, 그리고 한국 문화와 동티모르 문화를 비교할 수 있었습니다. 이제 우리나라 사람들이 동티모르의 발전을 위해 한국 군인들의 부지런함을 배워야 한다고 생각합니다. 저는 한국군이 형식적으로 우리나라에 온 것이 아니라 진실된 사랑과 애정을 갖고 이곳에 왔다고 생각하고, 또한 너무도 완벽하게 임무를 수행하고 있다고 생각합니다. 그리고 이 글을 통해 한국군에 너무도 감사하다는 말을 전하고 싶습니다. **-마리오 카르도소 -**

한국군은 시내에 거주하는 주민들에게 친절할 뿐만 아니라 다른 지역 주민들에게도 변함 없이 매우 친절하며, 여러 방면으로 활동적인 모습을 보여주고 있다. 특히 한국군 공보과에서 추진하는 영화 상영은 주민들을 매우 즐겁게 한다. 그러나 때때로 비가 와서 주민들이 즐거운 시간을 보낼 기회를 잃게 될 때면 주민들은 매우 아쉬워한다. **-루시아 발타이어-**

한국군은 처음 오쿠시에 왔을 때부터 주민들과 가까이했다. 나를 비롯한 여러 주민들은 한국군이 옷을 나누어 주는 것을 매우 의미있는 일이라고 생각하고 있다. 그리고 이곳에 한국군이 온 것을 매우 즐거워하고 있다.

예전에 요르단군이 이오에뚤루 지역에 주둔할 당시에는 아이들에게 음식물을 주둔지 내에서 자주 나누어 주어 아이들이 문제를 많이 일으켰으며, 얼마 후 아이들이 주둔지에 서슴없이 들어가 말썽을 일으키는 정도였는데, 한국군이 온 다음부터 약 한 달여 동안 아이들이 문제를 일으킨 적이 한 번도 없었다. 아이들은 한국군이 주둔지 내에서 규율을 엄격히 지킨다는 것을 알았다. 그리고 마지막으로 영화 상영이 주민들을 매우 즐겁게 한다는 것을 꼭 기억해 주었으면 좋겠다. **-쉐페 알디아 오에뚤루-**

주민들은 한 달여 동안 한국군이 주민들을 도와 준 것과 한국군이 항상 최선을 다해 일하는 것에 대해 매우 기뻐한다. 또한 한국군은 다른 PKF 참여국처럼 이곳에 와서 주둔지를 건설했다. 젊은이들을 대상으로 태권도를 교육하고, 주민들에게 옷과 식량을 지원했다. 그리고 한국군 공보과에서는 주민들을 대상으로 영화를 상영하는데, 주민들이 매우 좋아하고, 좋아하는 배우가 등장하면 모두가 즐거워한다. **-델리나 소아레스-**

3. 참고문헌

이병주, 정영제, 이춘주 공저,《은자의 나라 동티모르》(서울 : 한국생산성
　　　본부 출판전문회사), 2001.

이성수,《음모의 세계를 알아야 세계가 보인다》(서울 : 유니텍), 1994.

高橋奈緖, 益岡賢, 文珠幹夫 共著,《東テイモール》(東京 : 明石書店), 1999.

秋永芳郎, 棟田博 共著,《太平洋戰 − 進攻篇. 開戰百日의 榮光》(東京 : 集
　　　英社), 1962.

John Martinkus, *A Dirty Little War*(Sydney, Australia : Random House), 2001.

Ministry of Defence, *Fifty Years of Indonesian Army*(Jakarta, Indonesia), 2000.

UNTAET(United Nations Transitional Administration in East Timor),
　　　Timor Lorosa'e One momentous year(Dili, East Timor), 2000.

4. 기타 참고자료

상록수부대 공보과, 〈상록수 제5진 영상소식〉(Dili, East Timo),
　　2001~2002.

상록수부대 공보과, 《상록수 제5진 소식지》(Dili, East Timor),
　　2001~2002.

ETTA(East Timor Transitional Administration), *Invest in Timor Loro Sae*(Dili,
　　East Timor), 2001.

Malaysia Airlines, *Wings of Gold, Inflight Magazine*(Kuala Lumpur, Malaysia),
　　Nov. 1994.

UNTAET, *Guidelines for importers and exporters in East Timor*(Dili, East Timor),
　　2001.

UNTAET, *Timorese Cultural Guidelines for International Investers*(Dili, East
　　Timor), 2000.

동방오국지 1, 2, 3

이지욱 지음/신국판/반양장/값 각권 7,000원

7세기 동아시아를 배경으로 중국의 수나라, 당나라, 한반도의 삼국이 패권을 다투던 모습을 고구려 양만춘 장군의 눈을 통해 재조명한 역사소설. 이 책은 전설의 영웅 양만춘을 중심으로 수 양제, 당 태종, 고구려 을지문덕, 백제 계백, 신라 김유신 등 동아시아의 영웅호걸들이 광활한 벌판과 바다를 무대로 벌이는 통쾌무비한 대서사극을 보여준다. 우리는 이 책을 통해 7세기 드넓은 동아시아를 종횡으로 누비던 우리 조상들의 호방한 기상을 느낄 수 있다.

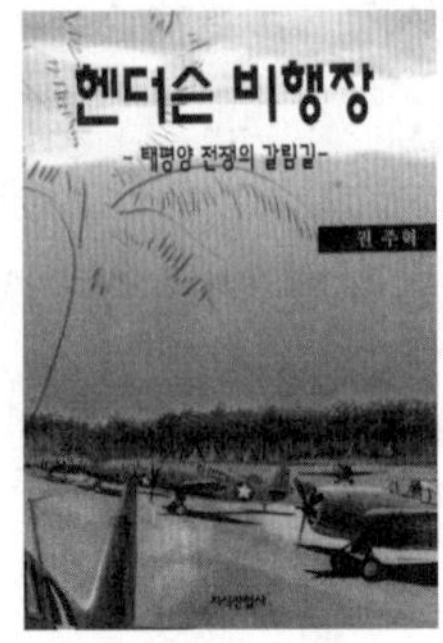

헨더슨 비행장 - 태평양 전쟁의 갈림길

권주혁 지음/신국판/반양장/526쪽/값 17,000원

솔로몬 군도의 작은 섬 과달카날의 조그만 비행장 '헨더슨'을 둘러싸고 벌어지는 태평양 전쟁의 역사를 박진감 넘치게 그린 보고서. 저자는 20년 동안 남태평양에서 회사원으로 근무하면서, 미국측 자료 70여 종과 일본측 자료 30여 종, 미국·일본·호주 등 20여 개소의 박물관의 자료들, 그리고 현존 미국인, 일본인, 현지인 등 수십 명의 인터뷰를 바탕으로 이 책을 완성하였다.

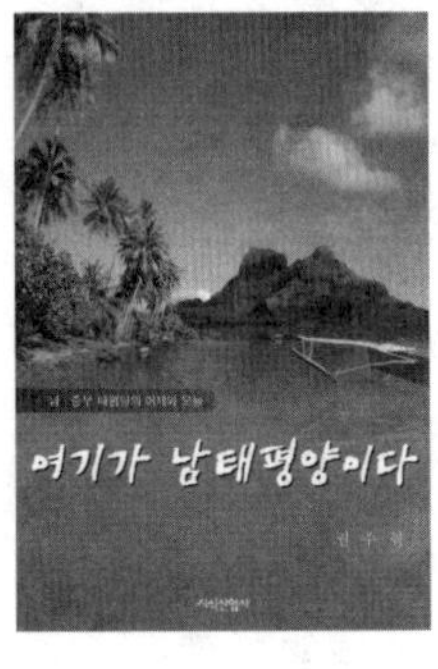

여기가 남태평양이다 - 남태평양 현장답사 22년

권주혁 지음/크라운판/반양장/474쪽/값 18,000원

《헨더슨 비행장》으로 이미 독자들의 주목을 받은 저자 권주혁의 남태평양 보고서 제2탄. 저자는 남태평양 20여 국가의 역사와 자연, 풍물, 심지어 이곳을 방문한 유럽 예술인이나 탐험가에 대한 기록까지 종합적으로 파악하여 이 책을 썼다. 또한 일반 여행가나 문학가가 경험해 보지 못한 비즈니스의 세계까지도 다루고 있어 남태평양 현장 답사 보고서로는 유래가 없는 방대하고 생생한 종합 기록이다.